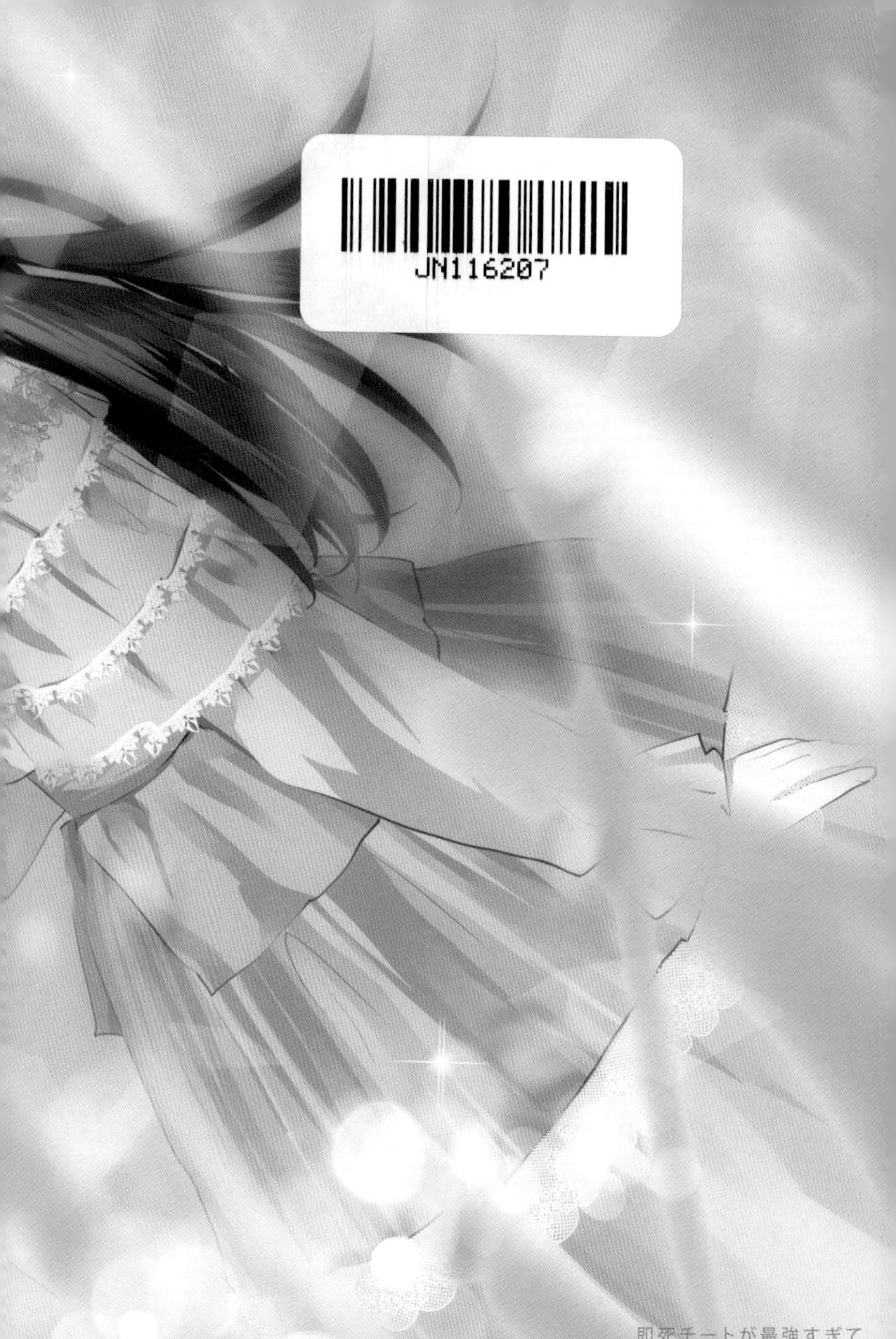

即死チートが最強すぎて、
異世界のやつらがまるで相手にならないんですが。
Illustration:成瀬ちさと

藤孝剛志　Illustration 成瀬ちさと

contents

ACT1

ACT2

Character

Tomochika Dannoura

高校二年生。夜霧のクラスメイト。見た目は美少女で胸も結構大きいが、言動で残念がられているツッコミ担当。夜霧と同じく《ギフト》のインストールは受け付けなかったが、壇ノ浦流弓術という弓術から派生した古武術を習得している。

Yogiri Takatou

高校二年生。常にやる気なさそうな感じで学校では寝てばかりいたが、真剣な表情をすると、意外とイケメン。この世界特有の力《ギフト》のインストールは受け付けなかったが、元の世界にいた時から《即死能力》を持っていた。別名AΩ《アルファオメガ》。

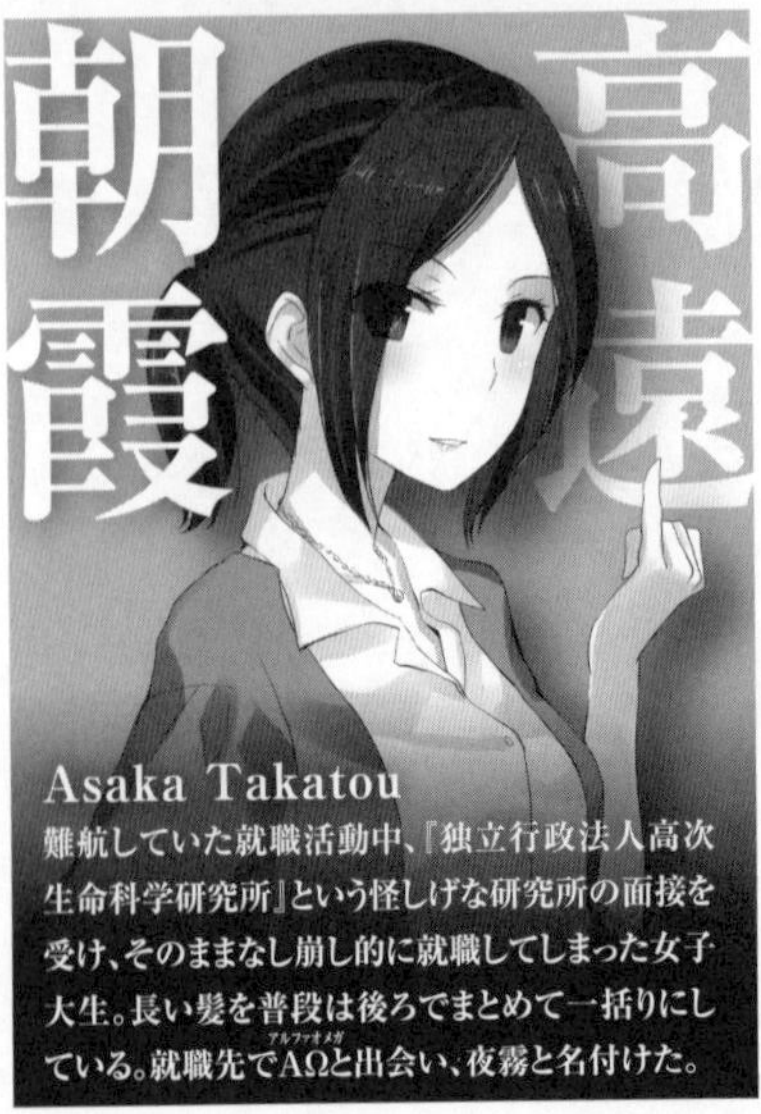

Asaka Takatou

難航していた就職活動中、『独立行政法人高次生命科学研究所』という怪しげな研究所の面接を受け、そのままなし崩し的に就職してしまった女子大生。長い髪を普段は後ろでまとめて一括りにしている。就職先でAΩ《アルファオメガ》と出会い、夜霧と名付けた。

Mokomoko Dannoura

知千佳の先祖で背後霊。平安時代の幽霊で、壇ノ浦流弓術中興の祖……らしい。知千佳の姉にそっくりな容姿をしており（かなり太っている）、衣装は白い狩衣《かりぎぬ》っぽい着物を着ている。なにげにデジタルテクノロジーに精通している。

Ryouko Ninomiya

夜霧たちのクラスメイト。実は夜霧を隔離していた『研究所』から派遣され、夜霧の監視任務についていた。スマホに夜霧の監視ツールがインストールされている。元の世界では忍者だが、こちらの世界でのクラスはサムライで、戦闘時は羽織袴に二本差し。

Enju Sumeragi

夜霧がまだ朝霞と独立行政法人高次生命科学研究所の隔離施設で暮らしていたころ、一時期そこに避難していた少女。夜霧が固執する数少ない人間の一人。そのため対夜霧用に彼女の姿を模したロボットが作られた。日本を裏から統べているという皇家の一族。

Daimon Hanakawa

夜霧たちのクラスメイト。以前も召喚されたことがあり、回復術士《ヒーラー》としては最高レベルの九十九だが、これは人間としての種族限界で、この世界ではそれほど強くはない。小太りなオタクで、ござる口調で喋る。それとは別に、性癖がキモイ。

Carol S. Lane

夜霧たちのクラスメイト。高校入学に合わせて日本にやってきたアメリカ人。諒子と同じく夜霧の監視任務についていたが、所属は『機関』。こちらの世界でのクラスはニンジャで、戦闘時は赤いニンジャ装束を着て額当てを着けている。武器は忍者刀。

Character

Hiruko

勝手にこの世界にやってきた侵略者《アグレッサー》の一人で、神。同じく侵略者《アグレッサー》である餓狼王《がろうおう》を操り、母親であるルーを捜していた。夜霧たちのもとにいるルーを発見したものの、ルーはまだ完全な状態ではなかったため、夜霧たちに同行して残りの賢者の石を探している。

Luu

夜霧たちが集めていた賢者の石がくっついて人の姿になった少女。最初は赤ん坊だったが、七個の賢者の石がくっついた結果、十二歳程度の外見になった。ルーの娘だと言い張るヒルコによれば、かなり高位の神らしい。なぜか夜霧をパパと呼んで慕っている。

Eufemia

夜霧たちのクラスメイトの橘裕樹《たちばなゆうき》に隷属させられていたが、裕樹が夜霧と敵対して死んだ後、レインの眷属にされ、レインの死後は後継者争いで勝ち残ってオリジンブラッドになった、半魔の少女。さらにその後、リズリーを主と認め、従者となっている。

Risley

オリジンブラッドと呼ばれる最上位の吸血鬼でもあった賢者レインが、死ねない自分を殺してくれることを夜霧に期待して戦いを挑み、望みどおり死んだ後、自分の理想とする姿に調整して残した、複製の少女。レインの記憶は一部しか受け継いでいない。

即死チートが最強すぎて、異世界のやつらがまるで相手にならないんですが。

ACT 1

1話　逆らっても無駄なので、高遠夜霧《たかとおよぎり》という少年が殺したと教えたよ

高遠夜霧と壇ノ浦知千佳《だんのうらともちか》は来た道を戻り、エリア境界にある半透明の壁を通過した。

すると、崖の向こうに海が見えた。

再び半透明の壁を通って南に移動すると、海は見えなくなり雲のようなものが現れる。

「このエリア境界に何か仕掛けがあるっぽいね」

『ふむ……なにやら偽装工作が施されておるようだな。この境界の内側から見た外側の景色は、現実とは異なっているというわけだ』

霊体の壇ノ浦もこもこが半透明の壁を調べていた。

境界の外側から見ると崖の先には雲や、空に浮かぶ島があった。遠くには湾曲する地平線が見えていて、どうやらこの世界も球体状になっているらしい。

「とりあえずはうろうろとしてみようか」

「中立地帯は!?　私たちはどこに行けばいいの!?」

夜霧たちは、中立地帯にある街に行くつもりだった。

そこで情報を収集して今後の動きを決めるつもりだったのだ。

「ないものは仕方ないし、とりあえずは崖沿いに歩いてみるぐらいしかできることはないよな」

「まあ……あんな別れ方しといて、戻るのも気まずいしね……」

夜霧たちはセイラ感染者のいる村からやってきた。

殺してほしいという彼らの望みをほぼ無視して村を出てきたのだ。

夜霧としても、すぐに戻って話をする気にはなれなかった。

『まあ、待て。とりあえず我が上空に飛んで周囲の様子を探るのは可能だ』

「そーいや、それやってなかったな」

『南に道沿いに行けばすぐに中立地帯とやらに辿り着けると思っておったからな』

もこもこは知千佳に憑いている背後霊のようなものであり、知千佳からあまり離れることはできない。

だが、上空へ飛ぶことは離れたという扱いにはならないようだった。

「前も思ったんだけど、平面座標上で離れてなかったらOKって、ザル過ぎるでしょ。幽霊のルール」

『基本的には我がお主から離れていないと認識できていればよいのだ！　つまり心の持ちよう次第ということだ！』

そう言ってもこもこはかなりの上空まで飛んでいき、しばらくして戻ってきた。

「どうだった？」

『二つほど報告がある。まずはまったく大陸などではなかったな。それなりの大きさの島が、空に浮いているといった感じだ』

もこもこは見てきた光景を語った。

島は歪な円形をしていて、エリア境界の六角形がすっぽりとおさまる程度の大きさらしい。

エリア境界は一辺が十キロの正六角形の形をしているということなので、直径は二十キロほどなのだろう。

聞いた話では、南北に二千キロ、東西に四千キロもある大陸とのことだったが、実態はあまりにもかけ離れている。

「え？　でも来るときにでっかい大陸みたいなの見えてたよね!?」

『しかし、それを見たのは光線でできたトンネルの中からだ。その時点から偽装がされているのなら、辻褄は合う』

「何のためにそんなことをするんだよ」

『うむ……確かに意味はわからん。それに、ここに住む者たちは大陸だと思っておるしな。境界壁で景色をごまかせたところで、ここが大陸でないことなどすぐにわかりそうなものだが』

「これ、崖沿いに歩いても無駄かな？」

『うむ。全貌は見えたからな。いくつか集落はあったがとても国と言えるような規模ではなかったぞ？』

「じゃあ、みんなはどこに行ったわけ？　ここは大陸で、国がいろいろあるってことじゃなかったの？」

この大陸だと言われている場所へやってくる前に、そう説明されたのだ。

それによれば、ここには四つの国があり、互いに争っているということだった。

そして、夜霧たち以外の仲間は、その四つの国にそれぞれスカウトされていってしまった。

スードリア学園に、クラスメイトの花川大門《はなかわだいもん》。

ヒメルン国に、賢者の石から変化した少女のルー。

スローライフ同盟に、ルーを母親だと言うヒルコ。

モムルス国に、もこもこが操っていたロボットの槐《えんじゅ》。

そんな割り振りになったと夜霧たちは聞かされていたのだ。

『さてな。直感でしかないが、ここにはいないような気がする。いきなり姿が消えたのだからまったく別の場所にいてもおかしくないわけだ』

「村の代表の人は、火口に身を投げたって言ってたけど、火山みたいなのはあった？」

村の代表として出てきたスコットという少年が、そのようなことを言っていた。

彼らは、死ぬためにありとあらゆることを試したということだった。

『なかったな。多少の起伏はあるが、山というほど大きな地形は存在しておらん』

「じゃあ村の人たちは、この島以外のところに出かけたってことだよね？」

『そうなるな』

「だったらちょっと嫌だけど、さっきの村に戻って話を聞いてみたほうがいいかもな」

他の集落に行ってみてもいいが、それよりは先ほどの村に戻ったほうが話は聞きやすいだろう。

「無茶苦茶気まずいけどね」

「それは仕方ないな。甘んじて受け入れるしかない」

そして、今度こそ彼らを殺すことになるのかもしれないが、それについても夜霧は諦めていた。

一度無下にしておいて、何の見返りもなしに協力を依頼することはできないだろう。どうしても殺してくれと言われたなら、殺すしかないと覚悟を決めていた。

『そして、二つ目の報告だ。先ほどの村が、なくなっていた』

「え？　どゆこと？」

『一番近い村のはずで見間違いはないと思うのだが、建物が見当たらないのだ』

「まあ、とりあえず村に向かってみようか」

夜霧たちは境界壁を越えて内側に入った。

もこもこに上空に飛んでもらって周囲を再度確認してもらう。

すると、西側は海で、東側にはどこまでも大地が続いているように見えたとのことだった。

つまり、エリア境界の内側から観察する限り、ここは大陸のようにしか見えないのだ。

そして、境界壁の内側の様子は、外から見たときと変わりないとのことだった。やはり、村は見当たらないのだ。

「攻撃でも受けた？　でも、それほど離れてないし、村がなくなるほどの大事件があって気付かないってあるのかな？」

『境界壁の性質をそれほど検証してはおらんが、音や衝撃が遮られるのやもしれんな』

来た道を戻り北へと歩いていく。

本来ならすぐに村が見えてくるはずだったが、やはり夜霧にも村は見えなかった。

しばらく行くと、あたりに何人もの人が倒れているのが見えてきた。

夜霧たちがやってきたことに気付いたのか、倒れているうちの一人が身を起こした。

「ああ。戻ってきたのか」

上体を起こしたのはスコットだった。村を代表して夜霧たちと話していた少年だ。

「どうしたんですか!?」

「いきなり攻撃されてね。今まで死んでいたところだ」

こんな状況にも慣れているのか、スコットはたいして気にしている様子はなかった。

「なんだか、思ってたよりも不死身なのをエンジョイしちゃってませんか？」

「その言い様は心外だな。周りを見てみろ。死んだような顔で倒れたままだろう？　もう起き上がる気力もないんだよ」

スコットが言うように、他の村人たちは倒れ込んだままだった。これまでの話からもわかるように、生きる屍のような状態なのだろう。

「私が多少は元気なのは、ただ若いからというだけのことだ。ああ、あまりこっちには近づいてこないほうがいい」

離れたところから話し続けるのもどうかと思っていた夜霧が近づこうとすると、制止された。

「村のあったあたりだが、少々様子がおかしいだろう？　実はこの一帯は消し飛ばされたんだ。だからこのあたりには大穴が空いている。そして、消し飛んだ私や村人や動植物が復活を遂げたわけだが、穴は草や根が覆っているだけなのだ。うかつに踏み込むと穴の底に落ちてしまうだろう」

言われてみると違和感はあった。

村があったと思われる場所は草原になっており、よく見てみればそこには大地が存在していなかった。草と根が絡み合って、そこにある穴をぼんやりと塞いでしまっているのだ。

「じゃあ、ここから話すけど、何があったの？」

「君たちが村を出てしばらくしてのことだ。ヒメルン国の奴がやってきた。いつもやってくるような雑兵じゃない、Lユニットのようだった」

この大陸では、兵士はユニットと呼ばれている。

ユニットにはS、M、Lの三種類があり、Lが一番強いとのことだった。

一般的にSは雑兵で、Mが指揮官、LがMユニットを統括する立場になっているとのことだ。

「ニーナを殺したのは誰だと私たちに訊いてきた。おそらく高遠さんが殺したＭユニット、指揮官の女のことだろう。逆らっても無駄なので、高遠夜霧という少年が殺したと教えたよ」

「いやいやいや！　確かに殺したとは思うけど、いきなり攻撃してきたのあっちだし、それにしてもスコットくんはあっさり裏切りすぎじゃないかな!?」

「心外だな。裏切る裏切らないというほどに密接な関係ではないだろう？　もちろん、高遠さんが私たちを確実に殺してくれると約束してくれていたのなら話は変わっていたが」

「まあ、それは仕方ないよな」

夜霧は彼を責める気にならなかった。たいした信頼関係もなかったのだから裏切りとは言えないだろう。

「どこに向かったかと訊かれたので、中立地帯に向かったと教えた。が、教えたというのにこんな有様だよ。八つ当たりのように村を滅ぼしていったというわけだ。で、君たちがのこのこと戻ってきたということは、Ｌユニットを殺したということか？」

「いや。出会わなかったよ。そんな奴には」

「そうなのか？　中立地帯までは一本道だ。激情し過ぎていて見落としたのだろうか」

「それなんだけどさ。エリア境界壁ってあるだろ。あれを通るとおかしなことになるんだけど、何か心当たりはある？」

「通れたのか？」

「通れないみたいな言い方だね!?」

知千佳が憤っていた。

「通れたけど、あれって何か仕掛けがあるんだよね？」

「通るにはポイントが必要なはずなんだ。だから君たちはいずれ戻ってくると思っていたんだが、予想外だな」

死ぬことは彼らにとって悲願だ。その割にはあっさりと夜霧たちを行かせたのは気になっていたが、どうせ境界は通れないとスコットは思っていたらしい。

「ポイントって？」

「さて。これ以上はただというわけにはいかないと思うんだけどね？」

さすがに、もう一度何もせずに立ち去るわけにはいかないようだった。

「わかったよ。どうすればいい？」

「そうだね。とりあえず私以外は殺してくれないだろうか。話は私さえ生きていれば十分だろう」

「じゃあ、死にたい奴は俺の前まで来るように言ってくれよ」

一方的に殺して回るような真似はしたくない。

せめて、最終的な意思表示はしてほしいと夜霧は思っていた。

＊＊＊＊

けっきょく、スコットを除いた全員が死を望み、夜霧は村にいた十五人に死を与えた。

夜霧の力で死ねばおそらく魂のようなものは完全に消失する。再度そう説明したが、それでも彼らの決意は変わらなかったのだ。

もっとも、彼らはもう何も考えたくないという様子だったので、深く考えて死を選んだわけではないのかもしれないが。

「ありがとう。今後は可能な限り君たちに協力すると約束しよう。私が死ぬのは君たちが納得できる状況になってからでいい」

村人たちの埋葬を終えたスコットがやってきた。

埋めたといっても、草で覆われた穴に放り込んだだけなので、それほど手間はかかっていない。

セイラ感染の問題があるので、夜霧と知千佳は念のため離れたところで待機していたのだ。

「じゃあさっそく。ポイントって何なの？　境界を越えるのに必要だって言ってたけど」

「ポイントは、この大陸で使われるエネルギーの単位だ。エリア移動には一人あたり1ポイントが必要になるんだよ」

「ポイントがなかったらどうなるの？」

「境界壁に阻まれて移動できない……はずなんだが、君たちは阻まれなかったのか？」

「通過はできたんだけど、その先に道がなかったんだ」

夜霧は、境界壁の外の光景について簡単に説明した。

「にわかには信じられないが、高遠さんが嘘をつく理由もないしな……」

スコットにとってここは大陸であって、実際に境界壁を越えての移動も行っていたのだろう。いきなり何の証拠もなしに実はここは空に浮かぶ島だと言われても、信じることはできないはずだ。

「ポイントはどうやって手に入れたらいいの？」

「君たちも見ただろう。セイラ感染者にシリンダーを刺してエネルギーを回収する光景を。あれがそうだ。シリンダー1本分で1ポイントになる」

「え？　じゃあ、私たちはどうやってポイントを溜めたらいいの？」

そのシリンダーとやらはここにはなかった。

やってきた兵士が村に放置していたはずだが、攻撃に巻き込まれて消滅したのだろう。

「私がいればどうにかなると思う。とりあえず境界壁に行ってみるしかないだろう」

「なんか、このあたりをうろうろしてるだけで、何の進展もないね……」

知千佳がうんざりしたように言うが、夜霧も同感だった。

今のところ、賢者の石につながるような手がかりは何も得られていないのだ。

「各所に散ったルーたちが、俺のところに来てくれないかな」

「だよね。私たち、徒歩で移動するぐらいしかできないんだから」

不満を言いながらも、夜霧たちは再び南へと歩きだした。

少しばかり歩くと、すぐにエリア境界を示す壁があるあたりに辿り着いた。

「このあたりからでも中立地帯にある街が見えるだろう？」

「言われてみれば」

境界近くまで来ると、道の続く先に建物らしきものが見えてきた。

前回は半透明の壁に注目していたので、道の先にあるものに気付いていなかったのだ。

「で、どうすれば？」

「私が自傷すればどうにかなるだろう。三人なら3ポイント必要で、三回死ねばいい」

「シリンダーはなくてもいいの？」

夜霧は、兵士たちが使っていた武器を思い出した。槍の先に円筒形の容れ物が付いていて、それがシリンダーの本体らしかった。

「ああ。境界壁の近くで死ねば大丈夫だ」

「むっちゃ死ぬの簡単に考えてますね……」

「死を軽んじているつもりはないが、こちらは死にたいと思っているわけだからな。ことある毎に死んでみるのは当然の話だし、君たちは気にしなくていい」

「痛くないんですか？」

「もう慣れたよ」

スコットが境界壁に近づき、触れた。

「じゃあそろそろやって――」

唐突に、爆音が聞こえてきて、スコットが固まった。

「え？　何か、街？　吹っ飛んでない？」

街のあったあたりに巨大な火柱が上がっているので、知千佳ほど視力が良くない夜霧でも一目瞭然だった。

2話　話し合いでどうにかならないかな？

火柱が上がり続け、そこにあった街を構成していたであろう物が燃えながら飛んでいく。

夜霧たちは、ただぼんやりとそれを見つめ続けていた。

大変なことが起こっているのだろうということはわかるが、だからといって何をどうすることもできなかったのだ。

「えーっと……あれが中立地帯の街、ってことでいいんですよね？」

知千佳が、スコットに確認した。

「ああ。この境界を越えた先が中立地帯で、そこにある街はあれだけだ」

「あ、私たちこの大陸初心者だからびっくりしちゃったけど、ここではしょっちゅうあんなことになってるとか？」

「いや、私もあんなのは初めて見たよ。かなり驚いている」

「中立地帯ってのはいくつもあるの？」

嫌な予感を覚えながらも夜霧は訊いた。

夜霧たちの当面の目標は情報収集だ。

賢者の居場所や、別れた仲間たちについて知ることができればと思っていたが、中立地帯がそこにしかないのなら、いきなりその手立てが失われたことになってしまう。

「私の知る限り、中立地帯はここだけだ。大陸の外との中継地点になっていて、それぞれの陣営は転移で中立地帯にやってくるんだ」

「じゃあ、あの街があんなことになってるのは、かなりまずい事態ってことかな」

「そうだな。まあ、街が潰れただけなら作り直せばいいとは思うが……」

「とりあえず中立地帯に行ってみるしかないか。街はなくても各陣営の人たちが来てるんだろうし」

中立地帯は非戦地帯とのことだった。紳士協定でしかないようだが、外部から食料などを得られる貴重な場所であるが故に、これまではどの陣営もここでは事を荒立てるようなことはしていなかったという。

「えーっとさ。あれ、間接的に私らのせいってこと、ない？」

スコットを襲ったヒメルン国のＬユニットは、夜霧たちの行き先を訊いてきたらしい。

スコットは、夜霧たちは中立地帯に向かったと素直に教えたとのことなので、ヒメルン国の何者かは中立地帯に向かったはずだ。

「可能性は高いかなぁ」

「いやいやいや。だったらもうちょっと慌てようよ」

「でも、それは仕方ないだろ。俺たちに関連がないとまでは言わないけど、俺たちのせいってのはちょっと話が違うんじゃないか?」

「うーん。確かに悪いのは、街を襲った人なんだけどさ……。あ、浮いてるあの人かな」

知千佳がいつものように、類い希な視力で遠くを見ている。

夜霧にはよくわからなかったが、知千佳には人が浮いているのが見えているのだろう。

「何がいるの?」

「王子様みたいな男の人と、太った女の人。女の人は、ちょっと前にやってきた人だと思う」

「逃げた奴が、仲間を引き連れて戻ってきたってとこか」

しかし、仇を討ちにきたのであれば話はわかるが、無関係の街を襲っている理由はよくわからなかった。

「あ。こっちを見て何か話して――」

知千佳がそう言った瞬間、夜霧たちの目前にある境界壁が激しく明滅した。

境界壁に何かがぶつかったのだ。

この大陸の住人は、ポイントを消費しない限りこの壁を通過できない。それは確かに事実だったようで、知千佳が言う王子のような格好の男が壁にへばりついていた。

どうやら、夜霧を視認して怒りに我を忘れて突っ込んできたらしい。

「無茶苦茶離れてたのに、一瞬でここまで来たのか。すごいな」

夜霧は素直に感心していた。

ここ最近の敵は化物だったのかもしれないが、具体的なすごさがよくわからなかった。

だが、この男は単純に凄まじい速度でここまでやってきたのであり、そのすごさが具体的によくわかるのだ。

『さて。こ奴がお主を狙っておる輩だとすれば、ポイントとやらは持っているのであろう。少しばかり落ち着きを取り戻せば壁を越えてこちらへとやってくるはずだ。だが、我らは壁の外へ行けるのだから逃げることは可能だな。どうする？』

スコットは置き去りにすることになるが、夜霧たちだけで壁を越えれば幻影で構成された大陸から浮島へと移動することができ、この大陸の住人たちがやってくることはない。つまり、この場をしのぐだけなら簡単にできるのだ。

「話し合いでどうにかならないかな？」

「どう見ても無理だと思うよ！」

ここで逃げたところで諦めるような相手ではないだろうし、これからもずっと追ってくるのなら出会うタイミングによっては面倒なことになってくる。ならば、この場で決着をつけておいたほうがいいかと夜霧は考えた。

＊＊＊＊＊

ヒメルン国の王子であるジェラールと、その妹であるニーナの侍女であったマリノは、ニーナが死んだ村へとやってきた。

転移でエリアの中心に現れ、そこから飛んできたのだ。

「マリノ。ここで何があったのか、詳しく説明してくれ」

先ほどまでのジェラールは我を忘れて激昂していたが、少し落ち着きを取り戻したらしい。

マリノは、村の上空でニーナが死ぬまでの経緯を語った。

ここはヒメルン国が支配するエリアで、隣接するエリアはスローライフ同盟が支配している。スローライフ同盟がこのエリアを占領するためにやってくるので、防衛のためにニーナたちはここに来ていたのだ。

進軍したユニットは、セイラ感染者からのポイント回収を定型業務としてこなしている。いつものように部下の兵士たちを村に向かわせたのだが、定時連絡がなく兵士たちも戻ってこなかった。

そこで、業を煮やしたニーナが直接村に出向いたのだ。

すると、兵士たちの何人かが死んでいた。どうやら未感染の一般人が敵対しているらしい。

そして、敵の少年と言葉を交わしていたニーナが、突然地面に落ちた。

それを見たマリノは慌ててニーナを回収し、本拠地への転移を行ったのだ。

「敵はどの陣営にも属していないと言ったな。何者なんだ？」

「少年と少女の二人組のようでした。詳細はわかりませんが、兵士たちと争いになったようです」

「Ｓユニットの一般兵が倒されるぐらいはいつものことだが……」

溺愛しているニーナが死んだことを信じたくない。ということもあるのだろうが、そもそもニーナはその特性により殺されることなどないはずだったのだ。

ニーナはＭユニットではあるが、どんな攻撃も当たらない絶対回避という特性を持っている。強敵を相手にすれば勝てないことはあるだろうが、死ぬことだけはない。誰もがそう思っていたのだ。

「何が起こったのかはわかりませんでした。ニーナ様が突然落下して……」

「まあいい。何が相手だろうとただでは殺さない。永遠の責め苦を与えてやる」

絶対回避能力を持つニーナを殺した不可解な存在が敵となれば、いくら警戒してもし過ぎることはないだろう。だが、マリノは何の不安も抱いてはいなかった。

マリノは、ジェラールなら何者が相手でも負けることがないと確信していたのだ。

ジェラールが、地上に降り立った。

そばには、セイラ感染者の男が倒れていたが、その身体が唐突に浮き上がった。

地面から突然生えた無数の針が、男の身体を貫き、押し上げたのだ。

「こいつらは普段はぼんやりとしているからな。話をさせるなら気付けが必要だ」

マリノは、ジェラールにこんな能力があるとは知らなかったが、ジェラールの能力は多岐に渡る。

どんな能力を持っていようと不思議ではなかった。

「ヒメルン国の兵士を殺した者がいるはずだ。どこにいる?」

「……知るかよ……面倒くせぇ……」

「お前らが痛みを感じることは知っている。全てを吐き出すまで、痛めつけてやろう」

「喋るよ。だから無駄なことはやめてくれないか」

そう言ったのは、建物に背を預けてしゃがみ込んでいた子供だった。

「ここに来てヒメルン国の兵士を殺したのは、高遠夜霧という少年だ。壇ノ浦知千佳という少女と一緒にやってきた。南にある中立地帯に向かうと言っていたよ」

セイラ感染者に拷問は意味がないし、無理矢理に口を割らせたところで真実を語っているかは定かではない。

だが、マリノはニーナを殺した何者かが中立地帯に向かったという証言は妥当だろうと思った。

このあたりにはたいしたものがないので、どこかに行くとすればそこぐらいしかないからだ。

それに彼らには嘘をつく理由などないし、嘘を言うだけの気力もないだろう。

「背丈はあなたより少し低いぐらいだ。大陸外から来たと言っていたな。このあたりでは見かけない格好をしていたから、見ればすぐにわかるだろう。私が言えることはこれぐらいだ。だからそいつを解放してやってくれないか」

「そうか。嘘ではないようだな」

針が消え失せ、男の身体が地に落ちた。

「真実を語っているかどうかがわかるのですか？」

「ああ。心の中を読むまではできないが、嘘かどうかはわかるんだ。マリノ。中立地帯に向かうぞ」

「はい」

ジェラールが宙に浮かび上がり、南へと移動を開始する。

マリノもその後に続いたが、少し行ったところでジェラールが静止して振り向いた。

次の瞬間、村が消し飛んだ。

大地から吹き出した炎が、一瞬にしてそこにあった全てを焼き尽くしたのだ。


「これは……」

「どこかに隠れているかもしれないからな」

「しかし……これではここに捜索対象がいたとしても何もわからなくなってしまうのでは……」

「それなら問題ない。俺は、殺した相手を蘇生させて使役することができるからな」

そんなことができる能力について聞いたこともないマリノだが、ジェラールならできるのだろうとすぐに納得していた。

「……だが、どうやらここにはセイラ感染者以外はいなかったようだ。行こう」

ジェラールが移動を再開した。

すぐにエリア境界壁に辿り着いたが、マリノはポイントを回収していないことに気付いた。

本拠地からの転移には本拠地に溜められているポイントが使用されるが、転移してきたユニットはポイントを持っておらず、現地でポイントを集めなければ隣接するエリアへの移動ができないのだ。

「問題ない。先ほどの村を焼いた時にポイントも回収しておいた」

普通はシリンダーと呼ばれるアイテムを使ってセイラ感染者からエネルギーを回収するのだが、ジェラールなら直接回収して保持することも可能なのだろう。

ジェラールがエリア境界に手をかざすと、半透明だった境界壁の一部が虹色に輝きだした。二人分のポイントを壁に食わせたのだろう。

二人が虹色のゲートを通り過ぎると、境界壁は半透明の状態に戻った。

南へと進んでいけば、すぐに街が見えてきた。

この街では四つの陣営の様々な人々が活動していて、セイラ感染者は完全に排除されていた。

大陸外との数少ない接点として機能していて、一万人程度がここで暮らしている。

「しかし……ここに逃げ込まれたのなら捜すのは一苦労かもしれません」

「何の問題もないな」

「もしや、ジェラール様のことですから、街全体を調査する方法でもお持ちなのですか？」

「こうすればいいだけだろう」

事もなげにジェラールは言い、街は一瞬で炎に包まれた。

大地から吹き出す強烈なまでの獄炎が、全てを焼き尽くしながら天へと昇っていくのだ。

やっていることは、先ほど村にしたことと同じだ。

ただ、規模と、影響が違う。

ここは何をしてもいいセイラ感染者だけが住む村ではない。様々な陣営が関わり合う、微妙なバランスで均衡を保っているデリケートな街なのだ。

いくらヒメルン国の王子であるジェラールであろうと、ここまでのことをしてただで済むとは思われなかった。

「こ、こんなことをしてしまっていいのですか！」

「では、ここでのんびりと聞き込みでもしていろと言うのか?」

「ここにはヒメルン国の手の者もいるのですよ！」

「だからどうした?」

マリノはジェラールが冷静さを取り戻したのだと思っていた。だが、ジェラールは壊れているだけだった。ニーナの仇を討つことしか考えておらず、他のことは一切見えていないのだ。

「少しばかり時間がかかるか」

燃えさかる街から無数の光が立ち上り、ジェラールのもとへと飛んできた。

それらは、人々の魂のようなものなのだろう。

光はジェラールの手に吸い込まれて消えていった。

ジェラールが目を閉じて、集中する。魂の中身を吟味し、この中にニーナを殺した高遠夜霧がいるのかを確かめているのだ。

光の奔流が落ち着いていき、やがて光は飛んでこなくなった。街の人々が死に絶えたのだろう。

ジェラールが目を開いた。

「ここにはいなかったな」

「では、どうなさるのですか」

「どの陣営にも属していないなら、本陣への転移はない。となればエリアを一つずつ移動するしかないはずだ。虱潰《しらみつぶ》しにしていくしかないな」

「そんなことをしていれば、他国のＬユニットが出てきますよ！」

「構いはしない。普段は様子見しかしない奴らが挑んでくるというのなら、全て迎撃するまでだ」

この大陸にいるＬユニットと呼ばれる者たちは常軌を逸した存在だ。

直接戦えば、その被害規模は想像すらできないものになるはずで、Ｌユニットは滅多に使わない切り札として扱われていた。

——早くなんとかしないと……。

高遠夜霧には、ジェラールの憎悪を一身に受けてもらわねばならない。一刻も早く見つけなければば、ジェラールによる無差別な殺戮が広がっていくのだ。

マリノは周囲を見回した。

もしかすれば、高遠夜霧はこのあたりにいるかもしれない。南に向かったのなら、街にはいなくともこのエリアにいるはずだ。

魔力により視力を強化し、必死になってあたりを観察する。だが、何も見つけることはできなかった。

「マリノ。あちらを見てみろ」

「は、はい！」

ジェラールの指示に従い、マリノは北を見た。先ほどの村があった方向だ。そこに三つの人影が見えた。

二人の少年と、一人の少女。その中に、高遠夜霧がいた。

兵士を殺し、ニーナを殺した少年であり、マリノが忘れるわけもない相手だ。

「間違いありません！　あの少年がニーナ様を！」

「そうか」

そして、ジェラールの姿が消えた。

遠くのエリア境界が激しく明滅する。ジェラールが一瞬で移動し激突したのだ。やはり冷静ではないのだろう。エリア境界を通るには、ポイントを消費してゲートを作る必要があり、それには若干の時間を必要とするのだ。
マリノは、慌ててジェラールの後を追った。

3話　こんな事態なのにやけに冷静だな！　慌ててるのが馬鹿みたいに思えてきた！

エリア境界壁の上部に人がへばりついていた。

いかにも高級そうな服を身に纏った男で、知千佳が王子様のようだと言っていた人物だ。

近くには、赤いドレスを着た巨体の女が浮かんでいる。

「この手の奴は飛んでくるの？」

「M以上のユニットのほとんどは飛んで移動しているな。セイラから身を守るためだろう」

夜霧の疑問にスコットが答えた。

雑兵は鎧で隙間無く身を固めて地上を歩くとのことだった。

「あいつら何してるんだ？」

「境界壁の通過には少し時間がかかるんだよ。ほら、あれがエリアを通過する際に起こる変化だ」

男が触れているあたりの境界壁の色が変わりはじめた。

いくつもの色が混ざり合うような複雑な変化を遂げ、マーブル模様の円になる。

男と女は、そこを通り抜けてこちら側へとやってきた。

「高遠くん、どうすんの!?」

「とりあえずは相手の動きを見るしかないかな」

これまでの情報から判断すれば、この男は村や街を平然と滅ぼしている。

そのため、いきなり攻撃してくるかもしれないと思っていたが、男は夜霧たちを見下ろしているだけで今のところは動きを見せていなかった。

まだ何もされていないのだから、こちらから手出しするわけにもいかないだろう。

『ふむ……なにやら探られておる雰囲気だな。情報収集系のスキルやらを使われておるのやもしれぬ』

「収集されたところで、特に不都合なことはないんじゃないか?」

「まぁ、そうだよね。私ら、ジョブとかスキルとか持ってないし」

この大陸でスカウトされなかったり、境界壁を素通りできたりするのは、夜霧たちがそういった力を何も持っていないからなのだろう。

これまでも様々な者たちと相対《あいたい》してきたが、何か特殊な能力を持っていると思われたことはなかったし、だいたいの場合は見下されてきた。

夜霧の能力に関しても、正確に把握できた者はいないようだった。

「マリノ。本当にあれなのか?」

「はい……間違いありません」

「そうか。確かにお前は嘘を言っていないようだが……」

「あの。これまでのことから考えますと、とりあえず殺してから事を進められるのかと思っていたのですが」

「街を攻撃したのは、あの中から探し出すのが難しいと思ったからだ。目の前にほぼ確実に仇がいるのなら、すぐに殺してやる必要はない。……が、そうだな、とりあえずは逃げられないようにしておくべきか」

途端に、周囲が朱に染まった。

空は暗く、大地は赤い。針のような岩山が無数に突き出し、大地は裂けてマグマが噴き出す。

先ほどまであった草原は消え失せ、地獄のごとき光景へと変貌を遂げたのだ。

「え!?　何がどうなって!」

知千佳がきょろきょろとあたりを見回した。

深く巨大な裂け目が夜霧たちの周囲を囲んでいた。

気付けば、孤島のような場所に取り残されているのだ。

「転移的なやつ……じゃないよな?」

この状況から考えれば、転移だとしても不思議ではなかった。

だが、今の夜霧は強制転移を攻撃と見做している。転移に巻き込もうとしたなら、それを成そうとした者は死ぬはずなのだ。

『いや、座標は変わっておらんはずだ。周囲の環境を書き換えたとでも言うべきか』

「これって、セイラに感染してた草とかは死んだんじゃないの？」

「気にするのがそれなのか……しかしこれでも無理だろうな。この現象がどこまで広がっているのかはわからないが、ここに存在していないとしてもその外に追いやられただけのはずだ」

スコットは当たり前のようにそう判断したようだ。

「そっか。これで済むなら俺が殺さなくても済むと思ったんだけどな。後、境界エリアの外も同じように見えることも気になるんだけど」

見渡す限り、どこまでも地獄のような光景は続いていた。

エリア境界壁がなんらかの区切りであるなら、エリア外に影響があるのがおかしいように夜霧には思えたのだ。

「こんな事態なのにやけに冷静だな！　慌ててるのが馬鹿みたいに思えてきた！」

『境界壁が通さないのは生き物だけということかもしれんな。ここから見える境界壁の向こう側は、実際の光景ではないわけだしな』

仕組みはよくわからないが、境界壁にはそのまま大陸が続いているかのように幻影が投影されているようだ。つまり、実際の影響が境界壁の向こう側に生じているかは、中にいる限り知りようがないのだろう。

「これ、元に戻るのかな？」

『さてな。この世界の術に詳しいわけではないが……我が知っておるこの手の術では、術者を倒せば元に戻っておったな。世界を書き換えるというのは相当な無理があるし、世界には元に戻ろうとする復元力のようなものがあったりもするからな』

「まあ、なるようになるしかないか」

夜霧たちを取り囲む亀裂の幅は十メートルはありそうだった。ただの人間が飛び越えるのは不可能だろう。

このままここに放置されてしまうとどこにも行けなくなるのだが、それは後で考えることにした。

まずは、空に浮かぶ何者かに対応するしかない。

「貴様がニーナを殺したのか」

ようやく、男が夜霧に話しかけてきた。

「ニーナって？」

「え？　ここでしらばっくれるの？」

知千佳が信じられないとばかりに夜霧を見た。

「そう言われても、名前だけだとなぁ」

おそらくは夜霧が村で殺した小柄な女性のことなのだろうが、確信は持てなかった。この大陸に来てから何人か倒しているのだ。その中にニーナという名の人物がいても不思議ではないが、殺していないかもしれない相手を殺したと認めるのは違うだろう。

「ほう？　貴様のような有象無象。とりあえず殺したところで何の問題もないが……念のために確認してやろう」

　すると、空中にいくつもの鏡のような物が出現し、画像が映し出された。

　ベッドに寝転ぶ赤ん坊。草原を駆け回る幼女。ドレスを着て上品に微笑む少女など、バリエーションはやたらに豊富だが、どの鏡にも必ず同じ少女の姿が映し出されている。どうやらその少女の様々な年代を表したもののようだ。

　その画像は実に大きく精細であり、見間違えようがなかった。確かに夜霧が村で殺した少女のようだ。

「名はニーナ。ヒメルン国の王女であり、このジェラールの妹だ！　どうだ！　覚えがあるか！」

「これなんなの？」

「俺の記憶にあるニーナの姿を投影したのだ！　これを見れば貴様の反応がわかるというものだ！」

「え？　何かお風呂に入ってるところの画像とかもあるんだけど……」

　知千佳が引いていた。ここまでの言動だけでもわかったが、どうやらまともな相手ではないようだ。

「貴様！　ニーナの裸体を覗き見るなどどういう了見だ！」

「あんたが勝手に見せたんだろ……」

「はっ！　ごまかせると思うのか！　俺の能力をもってすれば貴様の反応から真実がわかる！　貴様はニーナを知っているのだ！」

「だったらなんだよ。襲ってきたのはそのニーナってほうからだろ。俺は返り討ちにしただけだ」

ジェラールの言っていることはよくわからなかった。微妙に話がつながっていないようなのだ。

「ふざけるな！　貴様のごときくだらぬゴミがニーナに反撃するだと？　黙っておとなしくやられていればよかっただろうが！　貴様にそんな権利があると思っているのか！」

「いや……そりゃ反撃する権利ぐらいあるよね？」

夜霧は知千佳に訊いた。

「そりゃねぇ。黙って殺《や》られるわけにはいかないし……」

「なるほど。貴様らは罪の大きさを認識できていないようだな。いいだろう。貴様らがどれほどの大罪を犯したのか、理解できるまでじっくりと説明してやろう」

そして、ジェラールは滔々《とうとう》と語りはじめた。

＊＊＊＊

夜霧たちは、ジェラールの語るニーナの思い出話を聞いた。

彼女がいかに美しく愛らしく、誇り高く、気高く、慈愛に満ちあふれているかを、エピソードを交えながら延々と聞かされたのだ。

それは独壇場だった。

その時だけは、夜霧への恨みなど忘れているかのごとく、ジェラールは熱のこもった口調で語り続けたのだ。

「ちょっとだけ、このお兄さんに同情しちゃうような……」

『騙されるでないわ……ヤクザにも愛する家族はいるかもしれんが、やっとることは極悪人の所業でしかないのと同じであろうが』

「それに、かなり偏った物の見方だよね」

夜霧には、部下をあっさりと殺し、一般人である自分を殺そうとしたニーナが善良な人物とはとても思えなかった。

「どうだ！　貴様らがどれほどの大罪を犯したのか！　思い知ることができたか！」

「どんな慈愛に満ちあふれた聖人なのか知らないけど、殺意を向けられたら反撃するだろ？」

「わからん奴だな！　いいか！　ニーナが正義であれば、ニーナが攻撃しようとしたお前は悪だ！　よって貴様は殺されるべきだった！　こんな単純なことも理解できんのか！」

「あのさ。いくらニーナのことを語られたって、俺が罪を思い知るなんてことないから。いい加減、こんなくだらない話はやめにしようよ」

夜霧も最初は少しばかりジェラールの話に興味を持っていた。ほとんどの敵はわけがわからないうちに攻撃してくるばかりであり、ろくに話もできなかったからだ。なぜ襲ってきたのか、理由がさっぱりわからない者もいたぐらいだ。

対話ができるのなら望むところなのだが、こうも一方的に話を続けられると、さすがに辟易してしまう。夜霧は、いい加減決着をつけたくなってきていた。

「……そうか……くだらないか……ニーナの話は……」

ずっと宙に浮き続けていたジェラールがようやく下りてきて、夜霧と目線を合わせた。

一目で、正気ではないとわかった。

長々と話しているぐらいだ。ある程度は冷静なのかと思っていたが、それは湧き出る怒りをどうにか押し留めていただけのようだ。

「最後に一つ訊いてやる。ニーナに何をした？　何の術を使ったんだ」

「何をしたって言われてもな。俺もよくわかってないし」

殺そうと思えば相手が死ぬが、その時に何が起こっているのかは夜霧にもよくわかっていなかった。

「貴様に術が解けるわけではないようだな」

ジェラールの能力はよくわからないが、夜霧の反応から何かを知ったようだった。

「ならば死ぬがいい。何度でも蘇らせ、永遠に殺し続けてやる」

朧気だったジェラールの殺意が露わになり、夜霧の周囲を満たした。

ジェラールの殺意に呼応するように暗黒に満ちた空に雷が走り、大気が揺れる。大地が砕け、裂け目は広がり、炎が吹き出した。

それは世界の全てが夜霧に向けて牙を剝いたかのようだった。

見渡す限りの全てがジェラールの意のままであり、それらの全てが必殺の意思を秘めているのだ。

空に浮いていた女が、雷に撃たれて落ちてきた。

今のジェラールにとって、そばにいた仲間のことなどどうでもよかったのだろう。女は裂け目に落ちていったが、ジェラールはそれに気付いてすらいないようだった。

ジェラールが掌を夜霧たちへと向け、何かが夜霧の横を通り抜けた。ジェラールが何かを放ったのだろう。その行為に殺意はなく、夜霧は何の反応もできなかった。

そして、スコットの姿がなくなっていた。

「今さらセイラ感染で不死身になられては困るからな」

スコットを殺しても、即座にこの場で復活する。それを防ぐために遠くへと吹き飛ばしたのだろう。もちろん、瞬時に姿が見えなくなる勢いで飛ばされればそれだけで死にかねないが、身体の大部分が残っている場所で復活するのならさほど問題はないのだろう。

次に、ジェラールは掌を知千佳に向けた。

「俺が憎いんじゃないのか？」

「なに。貴様にも愛する者を失う悲しみを知ってもらわねばならないだろう？」

「あのー。私たちそういうのじゃないんですけど……」

「しらばっくれても無駄だ。俺の目が全てを見通して――」

「それは困る」

そしてジェラールはその場に倒れた。知千佳を殺そうとしたので、夜霧が殺したのだ。

「え？　これで終わり？」

『いつものことではあるのだがな』

「まあ……終わりにならなかったら、ピンチなんだけど」

荒れ狂っていた世界は、落ち着きを見せていた。

だが、それだけだった。空が暗く、大地が赤く、裂け目に囲まれて身動きができないことに変わりはなかったのだ。

「死んだら元の状態に戻るって言ってなかった？」

『詳しいわけではないとも言っただろうが』

「えーっと……まずくない？　ここから動けないんだけど」

周囲の亀裂の幅はさらに広がって二十メートルほどになっている。夜霧たちが自力でここを脱出するのはますます不可能な状況になっていた。

『うむ……先ほどまでなら十メートルほどだったし、お主がリミッターを外せばギリ飛び越えられる感じだったのだが』

「私のリミッターって何!?　十メートル幅跳びできたら世界新記録だと思うよ！」

「スコットが遠くに飛ばされたのなら、そのうち戻ってくるんじゃないかな？」

「戻ってきたらどうにかなる？　この状況？」

「橋になりそうな長い板を持ってきてもらうとか？」

「そんな都合のいい物がそこらに落ちてるとかあるかなぁ？」

「それか、リュックに入ってる荷物を組み合わせてみるとか」

「ロープは入れてたかなぁ。重りを付けて、向こう岸の何かに引っかけるとか……」

「ジェラール！」

夜霧と知千佳がこの状況をいかに打開するかを考えていると、第三者の声が聞こえてきた。

声のもとを見てみれば、倒れているジェラールのそばに少女が座り込んでいた。

「え？　どこから？」

『うむ……何の前触れもなく現れおったな、こ奴』

「なんとなくだけど……神系の人な気が」

夜霧はこの世界に来てから遭遇してきた神を名乗る者たちのことを思い出していた。

4話　なんか憎悪とか憎しみとかバッチンバッチンぶつけられてんな！

「ジェラール！　いったいどうしたというの！」

少女がジェラールを揺すっている。もちろんジェラールはぴくりともせず、揺らされるがままだった。

「逃げられないのに新しいのが出てくるとか嫌だな」

「てか、この人どっから出てきたの!?」

「いきなり出てくる奴はこれまでも結構いたからなぁ」

夜霧たちのいる場所は、直径十メートルほどの孤島になっていた。夜霧たちは逃げられないのに、わけのわからない存在はどこかから湧いて出てくる。

「この人って神、だよね？」

『うむ。神気があるな。神と言っても様々ではあるが』

「俺、神なんてのがいるとしても曖昧で不確かなものかと思ってたんだよ。けど、出てくる奴らはだいたいは人間っぽい姿をしてるよね」

『それも様々だな。獣じみた者もおるし、不定形な者もおるし、実体のない者もおるし、アホほど巨大な者もおる。ただ、人と関わろうとする神は人の姿をしていることが多い。人の類から生じた者、人の想いから生じた者、ただ人に興味を持ち人の認識に合わせている者。その理由は様々であろうがな』

「いや……こんな暢気にしてていいのかな？　襲ってこない？」

「この手の奴って、俺らのことゴミみたいに思ってて、認識してないんじゃないかな」

知千佳は心配しているようだが、今のところ神らしき少女はジェラールにしか興味がないようだ。だが、いずれはジェラールを殺したのが夜霧だと気付くかもしれない。

「高遠くんが負ける気はまったくしてないんだけど、このままだと次から次に敵がやってくるんじゃ……」

「正直参ったよ。移動を封じられただけでどうしようもなくなる。俺らだけで進むのは厳しそうだな。何かしら仲間はいたほうがよさそうだ」

障害物なら殺すことで破壊できるが、巨大な亀裂を前にしては為す術がないのだ。

「この世界は……ジェラールの悲しみと絶望の表れなのね！　このままではいけないわ！　こんな世界はあなたには相応しくないもの！」

彼女がそう叫ぶと、世界はまたもや変貌を遂げた。

地獄のようだった世界に光が満ちたのだ。真っ暗だった空は晴れた青空になり、不規則に荒れた大地は平坦になった。赤かった大地には草花が咲き乱れ、どこからともなくゆったりとした心地よい音楽まで流れてきている。

夜霧たちを囲んでいた亀裂もなくなっていて、歩いてどこにでも行けそうだった。

「これは……問題が解決したということでいいんだろうか？」

「解決……してるかなぁ？　周りの草花はセイラ感染してなさそうだけど……あたりの様子がわけわかんなくなってることには変わりないような」

「確かに、ここからどこへ向かえばいいのかはわかんないか。でも、とりあえずあれから離れたほうがいいんじゃないかな？」

「だよね！」

夜霧たちはジェラールと少女からゆっくりと離れていった。予想どおり、少女は逃げていく夜霧たちのことはまるで気にしておらず、ただ嘆き続けているだけだ。

しかし、そうすんなりと逃げ出せると夜霧は思っていなかった。確証があるわけではないが、まだ何かありそうな気がしていたのだ。

「ひょひょひょひょひょ。さすがに儂《わし》は見逃してはやらんぞい」

「また何か出たんだけど！」

行く手に老年の男性が立っていた。ひょろりとしていて、白い貫頭衣を着ている。白く長い髪と髭が印象的な老人だ。

夜霧たちは立ち止まった。さすがに無視して隣を歩いていこうとは思えなかったのだ。

「もこもこさん。こいつも神かな？」

『……いや、我、極力気配を消すので、しばらく放っておいてもらえんだろうか？　下手すればあれの神気で成仏しかねんのだが』

先ほどの少女よりもよほど神らしく見えると夜霧は思っていたが、やはりそうらしい。

「さっきから同じようなことばかり言ってる気がするけど、そう言われてもな。俺らは仲間を捜して移動してる途中で、あんたらに付き合ってる暇はないんだけど」

「ジェラールは我らの愛し子であってな。落とし前はつけんといかんじゃろ？」

「そもそもの発端は、俺らが一方的に命を狙われたことにあるんだけど」

「ふむ。しかしじゃ。人間の常識で考えて、王族に危害を加えたとなればただでは済まんことぐらいはわかるじゃろうが？　たとえ王族側に非があったとしてもだ。そこはほれ。ただの一般人としては素直に殺されておくべきだったと思うんじゃがのぉ」

未発展な社会では王の権力は絶対であり、白を黒と言いくるめるのも容易いのだろう。だが、それがまかり通るのは、身分が下の者に反撃の手立てがない場合であり、夜霧には当てはまらない。

夜霧には、黙って殺されてやる理由など欠片もありはしないのだ。

「根本的には理解しあえない気がするんだけど、一応会話ぐらいはできそうだな」

「まあのう。儂は人間から神になったタイプじゃからな。かろうじて人間だったころの感覚は残っておる」

先ほどもこもこが言っていた、人の類から生じた神であるらしい。夜霧は仙人のようなものかと考えた。

「後ろのアレは、そんな感覚はないの？　俺らに気付いてないようだったけど」

「ないのう。お主らが、そこらを歩いておる蟻んこに気付かぬのと同じようなことじゃな」

「蟻んこって……さすがに、それはないんじゃないですか？　大きさを考えたら、目に入らないってことはないんじゃ？」

「儂らは存在そのものを感じ取っておるからな。お主らの存在感が小さ過ぎて、よほど感覚を研ぎ澄まさねば気付けぬということじゃ。儂の場合は普段から蟻んこのことを考えておる昆虫博士といったところじゃな」

この老人が言うことが本当ならば、夜霧がこれまでに出会ってきた神は人間に興味があるタイプだったのだろう。

「あんたらが何者なんだとか、何が起こってるのかとか訊いてもいい？」

「うむ。冥土の土産に話ぐらいはしてやってもよいぞ」

「冥土の土産ってことは俺らを殺すつもりなの？」

「お主らにとっては残念なことに、それは確定じゃな。覆ることはないのう」

「でも、今すぐってことじゃないんだろ？　話の途中でいきなり殺そうとされても困るんだけど」

「冥土の土産と言っておいて、話を中断するのもなんじゃしな。話が終わるまでは待ってやってもよいぞ。そうは言っても、死ぬのが嫌だからと延々と話を続けられても困るので、あまりにも長いようなら適当に切り上げさせてはもらうがのぅ」

「じゃあさ。あのジェラールっての何者なの？　あんたらからすれば、あいつも蟻んこじゃないのか？」

「お主らからすれば違いがわからんのだろうが、儂らから見れば存在力が桁違いじゃな。お主らが蟻んこだとすれば、あ奴はにゃんこ程度の感じかのう。かわいがっていたにゃんこがおっちねば、そりゃあ悲しみもするじゃろう」

「まあ、猫なら仕方ないのか？」

「え？　納得できる要素あった？」

「納得はしてないけど、そういうもんなのかなって」

「うーん。確かにすごい力とかはあったんだろうけど、見た感じだとそんなに違いは……ってなんか増えてる！」

背後のジェラールを確認しようとした知千佳が驚きの声を上げた。夜霧も振り向いて見てみると、ジェラールの周りにずらりと何者かが立っている。

最初に現れた少女と合わせて十一人が、ジェラールのそばにいるのだ。

だいたいは人間の姿をしているが、中には骸骨にしか見えない者や、二足歩行の獣のような者もいた。それらも神の一種なのだろう。

「いくら可愛い猫ちゃんだとしても、モテすぎじゃないかな！」

「この世界はバトルソングのフィールドじゃったか。システム上のあ奴のクラスは『神々に育てられし最強の戦士』だったかのぉ。ああやっていろんな者があ奴にちょっかいを出しておったわけだ」

「クラス名おかしくない!?」

「さあのう。生まれつきそんなクラスだったらしいが、因果関係など儂らにとっては些細なことじゃしな。なんにせよ、儂らにとっては愛すべき子であることには変わりないわけで、システムの制限を超えたスキルを与え、権能を与え、神具を与え、蝶よ花よと可愛がったわけじゃよ」

「そんな奴が死ぬのはおかしいとは思わないの？」

「ふむ。儂らから見ればそんなこともあるかもしれんというところじゃな。にゃんこが蟻んこに殺されることもないとは言えんし、そもそもあ奴が死んだのはこれが初めてでもないからのう」

　この老人が暢気にしているのは、生き返らせるのも可能だと考えているからのようだ。

「生き返るならもういいんじゃないかな。俺らのことはほっといてもさ」

　夜霧は、実際に生き返ることはないとわかったうえで、その場しのぎの適当なことを言っていた。

「いやいや、そうはいかんじゃろうて。可愛いにゃんこが毛についたシラミのせいで死んだとなれば、まずはシラミを駆除するじゃろうが。生き返らせて、すぐに死んでは意味がないからのう」

「蟻からシラミにランクダウン？」

どうでもいいことを知千佳が気にしていた。

「なあ。俺らに何か力があると思って警戒したりはしないの？　すごい力を与えたのに死んだんだろ？」

「はて。見たところ、何の力もない人間でしかないが……霊の類が憑いておるといってもたいしたことはできんじゃろうし」

もこもこの存在には気付かれているようだが、もこもこはそれでも黙ったままだった。だが、老人はそれぐらいしか気付けていないようだ。

神といえども夜霧の特異性は理解できないらしい。この世界で出会った神を名乗る者たちのほとんどもそうだったので、基本的にはわからないようだ。降龍《こうりゅう》は何かわかっているようだったが、それは例外ということらしい。

「だったら、容疑者じゃないし、ただの人間なんだし、殺さなくてもいいんじゃない？」

「関係ないかもしれんが、念のためじゃな。害虫を駆除する際に、いちいち種類を特定はせんじゃろ？」

この老人もやはりこれまでに会った神と同じような思考をするようだった。神である自分が、人間ごときに害されることは絶対にないと確信しているのだ。

夜霧はジェラールを殺すだけの何かを持っているかもしれないが、それでも自分には通用しないと当たり前のように考えている。

「さて。訊きたいことはこんなものかの？　儂らもそれほど暇ではないのでな」

いつの間にか、夜霧たちは囲まれていた。十二人の神々が、夜霧たちを中心に、円形に並んでいるのだ。

「うわぁ……なんか憎悪とか憎しみとかバッチンバッチンぶつけられてんな！」

神と言っても超然としているわけではないらしい。彼らはあからさまに感情を露わにしていた。

今にも襲ってきそうな様子ではあるが、老人との約束を勝手に破るつもりはないようだ。

「壇ノ浦さんは何か訊いておきたいことある？」

「え？　私？　うーん、特にないというか、この人たちに何を期待して質問すればいいのかがよく
わからないんだけど」

「だよなぁ。あ。そういやあんたらはどこから来たの？　この世界じゃないところ？」

「外の世界じゃな」

「それって自由に行き来できるもんなの？」

「造作もないの」

「じゃあ、俺らを連れてよその世界に行ったりできるのかな？」

「それは無理じゃのう。この世界がちっぽけな故に、許可なく持ち出せば面倒なことになるしの」

「なんだ。神って言ってもなんでもできるわけじゃないのか」

彼らに世界間転移が可能なら元の世界に帰れるかとも思ったのだが、そううまくはいかないらしい。それに、脅迫して転移させたところで正確に転移させてくれる保証がない。信頼関係のない相手に転移を依頼するわけにはいかないだろう。

「じゃあ、これで最後。俺らを殺すってどうするつもりなの？」

「儂は義理で付き合うぐらいのもんじゃが、他の者らは怒り心頭じゃからのう。何度も殺され、何度も生き返らされてと、永遠の責め苦を与えるのではないかのう」

「けっきょく、考えることはジェラールと同じようなもんか。わかったよ、話はこれで終わりでいい」

「そういうわけじゃ皆の衆。ここから先は早い者勝ちといこうではないか」

老人が宣言し、神々の殺意が爆発した。夜霧からすれば、目の前が真っ暗に見えるほどの強烈な殺意が周囲を満たしたのだ。

そして、殺意は急速に霧散した。取り囲んでいた神々がバタバタと倒れていき、動かなくなったのだ。

「こいつら本当に神だったのかな？　どいつもこいつもあんまりにも馬鹿過ぎないか？」

自信満々に襲ってきて、勝手に倒れていく相手に夜霧は辟易していた。

「いくら強そうな感じで出てこられても、どうせあっさり死ぬんでしょ？　ぐらいの感覚になっちゃってるの、やばいよね……あ、別に白熱の戦いをしたいわけじゃないけど」

知千佳もずいぶんとすれてきていた。

『……うむ。そう言いたくなる気持ちもわかるのだが……こ奴らが力を持っておったのは事実だしな……というかだ……これまでは目をそらしておったが……小僧は何者なのだ？』

「無茶苦茶今さらだな！」

「何者かって言われてもよくわからないよ。こんな力を持ってるのは生まれつきだし」

「で、敵っぽいのは一通り倒したけど、これからどうすんの？　スコットさんがいないと境界壁は通れないんじゃ」

エリア境界を通るにはポイントが必要で、夜霧たちはスコットになんとかしてもらおうと思っていたのだ。

「じゃあスコットさんを捜すか」

「私ら、全然ここから動けてないね……」

夜霧はあたりを見回した。世界の様子は元に戻ったようだ。ただ、セイラに感染していた雑草の類はなくなっている。世界改変の影響から逃れるためにどこかに移動してしまったのだろう。

「あ。ジェラールって王子の人はポイント持ってないかな？　あの人はポイントを使って境界通り抜けてきたぐらいだし、余りポイントがあるとかさ」

「じゃあ、ジェラールの身体を探ってみようか」

夜霧たちはジェラールのもとに引き返すことにした。

5話　逆に考えれば、美少女が出てきていない今は比較的安心できる状況なのでは？

「目覚めて第一声が知らない天井ってのは定番でござるが、実際のところ天井なんてろくに見てないので知らないかどうかなんてわかんないでござるよねぇ」

目が覚めてぼんやりと天井を眺めてみた花川だが、これまで天井の違いに想いを馳せたことなどなかったので、そこに何らかの違いを見いだすことはできなかった。

だが、ここは東の大陸にあるスードリア学園という国のどこかのはずだ。

「……あれから丸一日寝続けていて、これからすぐに特訓再開。なんてパターンだと最悪でござるが……」

花川は清潔なベッドに横たわっていた。わけのわからない特訓をさせられてどうにか生き延びたところまでの記憶しかなかったが、どうやら特訓で疲れ果てて気を失ってしまったようだ。

特訓は屋外の訓練場だったので、訓練を担当していた高等部二年生のイングリットがここに運び込んだのだろう。

特訓の時に着ていた服はボロボロになったが、今は軍服のような服に着替えさせられていた。

役立たずと判断されて放り出されはしなかったようだが、そうなると花川が使い物になるまで延々と訓練が続けられることになりそうだ。

訓練で強くなれるのならいいが、花川は自身の成長性に過大な期待を抱いていない。このまま続けても何も変わらない、辛いだけの毎日を過ごすことになりそうだ。

「とりあえずヒールでござる」

必死に走り回っていたためか、全身が筋肉痛になっていた。どういうわけか回復魔法で疲労は回復しないのだが、筋肉痛は治せるのだ。

簡素なベッドに寝ていた花川は、身を起こしてあたりを見回した。

ベッドと机と棚があるぐらいの小さな部屋だった。

「起きたら保健室だとかで、美人養護教諭が目覚めた拙者に気付くですとか、隣のベッドに美少女が寝ているとかそーゆーのがあってもいいのでござるが……。いや、拙者もそろそろ学習したでござるよ。美少女が出てくることがあってもそう都合のいいことはないのでござるから、下手な期待は持つだけ損なのでござる。逆に考えれば、美少女が出てきていない今は比較的安心できる状況なのでは？」

一人が寝起きするだけの部屋といった印象だ。格安ホテルのシングルルームや、寮の一室といったところだろう。当然、花川の他に誰もいなかったので、美少女が看病してくれているなどということはなかった。

「ふむ……どうやらここは日本の影響が色濃いようですな」

家具や小物は現代日本にあるような物品だったが、そう珍しいことでもなかった。

この世界には異世界から物が流れつくこともあるし、現代日本の知識で工業を再現する者もたまにはいるし、なんなら異世界の物を直接取り寄せる能力の持ち主までいるのだ。

「さて。ここで闇雲に動いても仕方がないでござるな」

もしかすれば、一人で落ち着いて考えることのできる貴重な時間なのかもしれない。花川はベッドの上でこれからどうするかを考えることにした。

「今後どうするかでござるが……とにかく安心安全な状況に落ち着きたいのでござる。そのためにはこの世界を余裕で生き抜く力を身につけるか、元の世界に帰るかなのですが……うん。帰るしかないでござるな！」

最初の異世界転移の時のように、勇者と魔王がちょろちょろと小競り合いをしているぐらいならどうにでもなった。

だがこの世界では、そんな勇者と魔王の戦いなどは極小規模なものに過ぎなかったのだ。二度目にこの世界にやってきた花川は、どうしようもないほどの強大な存在を次々に目の当たりにした。

多少強くなったところで、さらにとんでもない存在が現れるだけなのだろう。つまり、花川がこれからどんな力を手に入れたところで、まったく安心などできないのだ。

「神とか出てこられたらもうどうしようもないでござるよ……。今の拙者はほぼ綱渡り状態でござる。ちょっと風が吹いたら落ちかねないのでござるよ。異世界で女の子にちやほやされたいなどとはもう言っていられないのでござる」

どこかの田舎に引っ込めば花川程度の回復魔法でも英雄扱いされるかもしれないし、比較的安全に暮らせるかとも思っていた。だが、何が起こるかわからないのがこの世界だ。これまで散々な目にあってきた花川は、物事を楽観的に考えることはもうできなくなっていた。

「で、帰るにしても拙者には何の伝手も、情報もないわけなので……やはり、高遠殿と合流するしかないでござるよね！　最初こそ険悪な感じでござったが、あーゆー奴はなんだかんだ言いながらもお人好しでござるからして、そばにくっついていればそうないがしろにされることはないはずでござる！　……ござると思うのでござるが……若干の不安は拭いきれないような……。高遠殿、状況によっては合理的に拙者を切り捨てそうな気もするでござるし、知千佳たんはまったくヒロインムーブしてくれないので、そんな場面でも拙者をかばったりはしてくれないような。……ま、まあ！　とはいえ、本当に死にそうになったりしたら助けてくれたりは……しない気もするでござるが……現状では高遠殿にくっついてさりげなく元の世界に帰るのが一番ましな方法のはずでござるよ！」

他に方法が見つからないのなら、夜霧を利用するのが最も帰還しやすいはずだと花川は考えた。

「しかし合流するとなると、高遠殿たちの現在地を把握し、そこまで向かう手段が必要となるのでござるが……まあ、とりあえずはこの学園を探ってみるしかないでござるかね」

花川はスードリア学園に転移してきてすぐに、訓練場に連れていかれて訓練を強制された。この大陸についての簡単な説明は受けたが、まだこの学園については何も知らないに等しいのだ。

ここにいてもわかることはなさそうなので、花川は部屋を出た。

無機質な廊下が左右に伸びていて、正面には窓が並んでいた。振り返ってみれば、花川が出てきた部屋の左右には扉がずらりと並んでいる。

花川は窓に近づいて、外を見た。ここはかなりの高層に位置するのだろう。近代的な街並みが広がっているのが一望できた。

「もしかして……学園都市的なやつでござるかね」

校舎らしき建物や、グラウンドらしき広場がちらほらと存在していた。

「では、ここは学生寮とかでござろうか。先ほどまでいたのは拙者に割り当てられた部屋ということでござるかね？」

花川は振り向いて、先ほどまでいた部屋の扉を見た。扉には《１２３１１１０７》と書かれたプレートが付けられていた。

「数字がやけにでかいでござるな！」

「ここにはたくさんの生徒がいるからね。数字の先頭何桁かは建物番号だったかな？」

隣から声が聞こえてきて、花川はそちらへと目をやった。

金髪碧眼の青年が立っていた。花川と同じ制服を着ているはずなのにやけに様になっていて、花川は途端に劣等感を覚えた。

「えーと……その……」

「僕はヴァン。君と同じ一年生だから、そんなにかしこまらないでよ」

「や、その。ヴァン殿は拙者よりも年上でござるよね？」

「ああ。この学園での学年はユニットとしての強さを表していて、年齢は関係ないんだよ」

「あ、そうなんでござるか？」

「だね」

花川よりは確実に強そうだが、二年生のイングリットほどでもないのだろう。そう思えば、美青年が相手であろうと多少は心の余裕が出てきた。

「いやあ、拙者のこれまでに蓄積した膨大な戦闘経験からしますと、強者の風格を漂わせている感じがしないでもないでござるが、一年生ということでしたら拙者と同格ということなんでござるよね！」

花川はヴァンに近づき気安く肩を叩いた。

「拙者は花川大門と申す者でござるよ！　同じ一年生同士、仲良くいたしましょう！」

「うん。ところで、花川。君は何か困ってるのかな？　そんな雰囲気を察知したんだけど」

「確かに様々なことで困っておりますが、よくそんなことがわかりますな」

花川は部屋から出たばかりで確かにとまどうことばかりではあるが、一目でわかるほどに困惑を露わにしていたつもりはなかった。

「僕はね。いろんな人を手助けしたいといつも思っていて、困っている人を見つけるのが得意なんだよ」

「ほほう。それは感心ですな！」

「うん。だから、花川も何か困っていることがあったら何でも僕に言ってみてよ」

「困っていることですか……うーむ、一言では言いにくいのですが……」

さすがに、異世界からやってきたので元の世界に帰りたいなどとは初対面の人間に言えないだろう。

では、直近にすべきこと、この学園から出て高遠夜霧を探しにいく手伝いをしてもらうのが最善かもしれないが、花川はドラフト会議のようなもので選ばれてここにやってきている。

勝手にこの国を出ていくなど果たしてできるのか、できるとして、そんなことを馬鹿正直にこの学園の生徒に尋ねてしまうのは問題にならないかと花川は考えてしまった。

「あー、その。ヴァン殿はこの学園にものすごく思い入れがあったりするのでござるかね？」

「んー。特にはないかな。所属はどこでもよかったから、適当にここを選んだだけだし」

「ではですね。この学園から外に出る……なんて方法はご存じだったりは……いや、ちょっと気になっただけで、外に行きたいとかってことではないのでござるけどね！」

この大陸は六角形状のエリアで細かく区切られていて、エリア間の移動には様々な制限がある。

単純に通り抜けることはできないと花川は聞かされていたが、具体的にどうすれば移動できるかまでは知らなかった。

「なんだ。花川はここを出ていきたいのか。なんなら、スードリア学園の所属から外れたいってことなのかな？」

「えー……そんな気も、ちょっとはあるようなないような、そこはかとなく儚げな雰囲気ではあるような……」

花川は素直に頷くことができず、様子見のためにものすごく曖昧なことを言った。

「ははっ。そんなにおどおどしなくても大丈夫だよ。出ていきたいって言っても咎めはしないさ。でも、上級生には言わないほうがいいかもね。彼らは、この国の行く末を真剣に考えているから。使える駒が減るとなると気にするかもしれないし」

「はあ……まあ、拙者のごときがいなくなったところで、まったく影響がないかとは思うのでござるが」

「で、出る方法か。ちょっと難しいんだよね。この本拠地の周囲は防衛のために壁があるんだけど、出入り口はないんだよ」

「ではどうやって出入りしているので？　まさかみなさん、ここに引きこもりっきりってことはないのでござるよね？」

「転移で移動してるね。で、ユニットの転移はLユニット、この学園では三年生のことなんだけど、彼らの権限でしか行えないんだよ」

「……つまり、出られないのでは!?」

「そんなことはないよ。今言った内容からだけでもいくつか方法は考えられる。まずは力尽くだ。壁を乗り越える。壁を破壊するなどだね。城壁は厚さ数十メートルの金属の塊を魔力で補強してあって、しかも守備隊が常に守っているけど、脱出は絶対に無理ってことはない。頑張ればどうにかなるかも」

「あー。拙者が頑張ったところでどうしようもなさそうというのは理解できたでござる」

「で、次は正攻法。戦力として認められる実力があるのなら、兵士として前線に転移してもらえるよ」

「それは……かなり時間がかかるのでは……」

「だねぇ。見たところ花川は戦士としては見込みがなさそうだし、使い物になるには数年はかかるんじゃないかな?」

「ははは……数年も経ってしまえば、高遠殿とかもうとっくに帰ってしまいそうでござるな……」

花川はうなだれてつぶやいた。その戦士としての特訓で死にそうだからさっさとここから逃げ出したいのに、それではまるで意味がない。

「そうだなぁ。困っている花川を助けてあげたいんだけど……僕が連れていくと後々面倒だし……あ！　じゃあ、誰か助けてくれる一年生を捜してみようか」

「はぁ……しかし一年生には転移の権限がないのでござるよね？」

「そうなんだけど、一年生にも実力者はたくさんいるんだよ。もしかしたら、花川を外に連れていけるような人がいるかもしれないよ？」

「ですが、学園に逆らってまで拙者を連れ出してくれるような人はいるのでござろうか？」

「そこは交渉次第じゃないかなぁ。ま、とにかく行ってみようよ」

「行くというのはどちらへ？」

「寮の食堂だよ。暇そうな奴らがたむろしてるんだ。ここは一年生の寮だから、基本的には一年生しかいないよ。だから外に出る話をしても怒られたりはしないと思う」

ヴァンが歩きだしたので、花川は後をついていくことにした。

6話　覚醒する素振りなんぞまるでなかったのに、こうもあっさりと!

「エレベーターとか、普通にあるんでござるねぇ」

ヴァンについて廊下を歩いていくと自動開閉する扉があり、二人が中に入ると静かに動きだした。

扉の上には階数を示す表記があり、ランプの点灯で現在階を示しているようだ。

「花川の世界にも似たようなものがあったのかな？」

「ほぼそのままのものがありましたな。と言いますか、拙者、異世界から来たようなことを言ったでござるかね？」

「賢者候補で、大陸の外からやってきたとなると、だいたいは賢者による異世界召喚だね」

「ほほう？　確かに拙者は賢者候補ですし特に隠すつもりはなかったのですが、それと知れてしまうのは、拙者の内からあふれだす潜在能力によるものだったりするのでござるかね？」

ヴァンはかなり強そうだし、底知れない雰囲気もある。もしや、花川の秘められた力を見抜いたのかと思ったのだ。

「あはは。花川は見込みがなさすぎるよ」

「無茶苦茶軽く言われてしまいましたな！」

「召喚された賢者候補にはマーキングがされているんだ。だから君がシオンに召喚されたことは一目瞭然なんだよ」

「それは誰でもわかるようなものなのでござるか？」

「バトルソングの仕組みを理解していればわかると思うよ。ま、賢者なら誰でも理解できてるわけでもないけどね」

「その。先ほどから賢者に気安いようですが、もしやお知り合いとかでござるかね？」

この大陸には賢者を捜すためにやってきた。賢者の居場所について何かわかるなら、夜霧と合流した際の手土産になるだろう。

「うん。僕も賢者だからね」

「なんですとぉ――――!?」

まさかこんなところでいきなり賢者と出会うとは思っていなかった花川は、心底驚いた。だが、言われてみれば、ヴァンという名を聞いたことがあるような気もするのだ。

――あれはドラフト会議の時、ペルム大陸協議会代表とやらが、賢者のことを訊かれて夜霧殿に何やら教えておったような……。いや、ですが、これはまずいのでは!?　高遠殿は何人も賢者を殺してきていますし、その仲間だと思われたら敵ということになってしまうのでは！

「ははは、驚き過ぎだよ。でも、賢者はみんな好き勝手やってるからなぁ。花川はここに来るまでに賢者に何かされたのかな？　でも安心しなよ。僕が人の助けになりたいって思ってるのは本当なんだ。花川に危害を加えたりはしないし、ここを出ていきたいのなら手助けしてあげようと思っているよ」

「あー……その……確かに、賢者ヨシフミとかと比べれば遥かにましな……」

「ヨシフミかぁ。さすがにあんなのと比べられるのは心外だなぁ」

ヴァンが端整な顔を少し歪ませた。飄々としているように思えたが、これは本気で嫌なようだ。

「す、すみませんでござる！　あまりいい記憶がなかったものでござるからして！」

「別に気にしてないよ」

「そのぉ。ヴァン殿は賢者なのに、どうして学園で生徒をやっているので？　確かこの大陸を担当しているとのことでござるよね？」

「確かに担当してるけど、それはやってくる侵略者《アグレッサー》を倒すってことだけで、後は自由にしてていいんだよ。だから僕がここで生徒をやってたって別にいいだろ？」

賢者の社会に対する接し方も様々なのだろう。帝国を作り皇帝になってわかりやすく支配する者もいれば、裏から世界を牛耳る者もいるし、学園で一生徒になる者もいる。

どうやら、統一された賢者像のようなものはないようだ。

「賢者といえば相当に強いかと思うのでござるが、それでも一年生なのでござるか？」

「強さと学年は必ずしも対応してるわけじゃないからね。三年生のほうが強い傾向にあるのは間違いないんだけど」

ヴァンは強くないとは言わなかった。自分の実力を把握していて、それを当たり前と思っているようだ。

「あのぉ。賢者様ということでしたら、そのお力で出していただくわけにはいかないのでござるかね？」

「うーん。それは難しいんだよね。まず、この学園では僕は一年生の立場でしかないから、君を正式に外に出す権限を持ってないんだ。そして正式ではない方法で君を外に出してしまうと、僕は罪に問われることになる。まあ、だからどうしたということかもしれないけど、僕は学園生活をエンジョイしてるからね。この環境が脅かされるのは避けたいんだよ」

「ははぁ。しかしそれでも拙者のことを助けようといろいろと考えてくださるということは、やはりいい人ということでござるよね！」

けっきょくはその罪を人に押しつけようとしているだけなので善人と言えるのかは疑問だったが、花川はそのことについては触れなかった。

「ありがとう。もっと褒めてくれてもいいけど、礼は実際に出られることになってからでいいと思うよ。さて、一階に着いた」

微かに振動していたエレベーターが静かになり、扉が開いた。外に出て少し歩くと、たくさんのテーブルが並べられた大広間に辿り着いた。

ここが食堂のようだ。昼時なのか、大勢の生徒たちで賑わっていた。

「じゃあ何か食べようか。朝から何も食べてないならお腹もすいてるだろう。ここは僕がおごるよ」

「それは願ってもないですが、そういえばここでの通貨はどうなってるのでござるかね？」

「学園専用の通貨があるよ。所持金は学生証に紐付けられているから、物は存在しないけどね。買い物の時は、学生証を見せればいいよ」

「はぁ……思ってたよりハイテクですなぁ……ん？　ということは拙者ここでは無一文なのでは？」

貴金属の類はアイテムボックスに入れてあるが、換金できなければそれまでだ。

「入学祝い金がチャージされてると思うよ？　学生証を見てみるといい」

「そんな物もらったでござるかね？」

花川は、制服のポケットを確認してみた。すると内ポケットにカードが入っていた。

カードには顔写真や名前といった個人情報と所持金が記載されていた。どうやら一万Cが入金済みのようだった。

「ほほう。これはどうやれば増えるので？」

「最低限生活できるぐらいのお金は毎日入金されるよ。贅沢がしたかったら、試験や訓練で好成績を残したり、敵対組織の構成員を討伐する仕事をこなしたりすればボーナスがもらえる」

「なるほど……これは案外悪くないのでは……いやいや、命がけの特訓を強制されるのは困るのでござるよ！」

「なんだ。あれが嫌だったのか。イングリットの要求する水準ぐらいなら簡単になれると思うんだけど」

「またまたぁ。それってあれでござるよね？　無自覚系無双主人公がさらっと言うやつでござるよね？　あんな簡単なの誰でもできるよ、みたいな？」

「違うって。本当に簡単なんだよ。ほら」

「ほらって、今何かしたのでござるか？」

「花川のレベル上限を解除して、５００ほど上げてみたよ。これぐらいあれば一年生として最低限の実力ぐらいにはなるから、たぶん大丈夫だと思うけど」

「えー？　そんな簡単にいくわけが……いってるでござるな！」

花川は半信半疑で自分のステータスを確認してみた。レベル上限突破スキルが追加されていて、99だったレベルは５９９になっていた。

「どういうことでござるか！」

「入り口で立ち話もなんだから、まずは席につこうよ」

二人は空いているテーブルに向かい席についた。注文は各テーブルにある端末から行うようで、ヴァンが花川に何も訊かず適当に端末を操作して注文してしまった。

「で、どういうことなんでござるか！　死にそうな目にあっても覚醒する素振りなんぞまるでなかったのに、こうもあっさりと！」

「あはは。死にそうな目にあったのは無駄だったね」

ヴァンは実に無邪気に笑った。悪気は一切ないようだが、さすがにあんな目にあった後で軽く流されてしまうと花川もいい気分はしなかった。

「ま、まあいいでござる。もしやこれがヴァン殿が持つ固有の能力ということなのでござるか？」

「違うよ。バトルソングを扱える賢者なら誰でもできるんじゃないかな。そもそも、バトルソングのシステムをインストールしたのも賢者だろ？　設定の変更、追加もある程度はできるんだよ」

「えー！　で、でしたら、もっと強力な能力をバンバン与えてくれればよいではないですか！」

「それはシオンの方針によるものなんじゃないかな？　花川がさっき言ってたように、ギリギリの状況に追い込まれることで覚醒することもあるんだよ。その場合の能力は、設定変更でお手軽に追加できる能力よりもずっと強力なんだ」

「ち、ちなみにでござるけども！　もっと強くしていただくこともできたりするのでござるかね？」

「ははは。花川は欲張りだなぁ。けど、素直でいいね。この場で簡単にできることには限界があるけど、花川はどうなりたいの？」

「そうですな。拙者、回復能力はそれなりのものだと思うのでござるが、攻撃面が不足しておりまして。できればそのあたりを改善できればと常々思っていたのでござる」

「なるほどね。ジョブがヒーラーでは厳しいかな。じゃあジョブチェンジしてみる？」

「おお！　そんなこともできるのでござるか！」

「うん。まったく関係のないジョブにするのは難しいけど……そうだな。ヒーラー系の上位職にモンクがあるな。これにチェンジしてみる？」

「おお！　それはあれでござるよね？　武僧みたいなやつでござるよね？　攻撃が強くなるでござるか！」

「そうだね。近接格闘に関するスキルを覚えられるし、鉤爪、槍、棍の使用時にボーナスがあるね。気を練って一時的に能力を上昇させるとか、気の弾を飛ばすとかもできるから、遠距離戦も対応可能だね。ヒーラーとしての能力はそのままだから、確実に強くなると思うけど」

「是非お願いしたい……とは思うのでござるが、何か副作用があったりとかはないですかね！　拙者、この世界で散々にひどい目にあってきておりますので、うまい話には裏があると思わざるを得ないのでござるが！」

「この程度ならノーリスクだよ。元に戻すのも簡単だから気軽にやってみればいいと思うけど」

「そ、そうでござるな……と言いますか、すでに勝手にレベルを上げられているわけですので今さらですな！　では！　やってほしいのでござる」

「できたよ！」

「早過ぎでござるな！」

「だから簡単だって言ったじゃないか」

花川はステータスを確認した。

ジョブはモンクになっていて、レベルは５９９のままだ。スキルは格闘、練気、気弾、看破、鉤爪マスタリー、槍マスタリー、棍マスタリーが増えていた。

「おおおお！　一気に増えましたな！」

「それでいろいろ試してみるといいよ。スキルは使えば熟練度が上がって威力が上昇したり、新たなスキルを得られたりするから」

「いやぁ……これ以上成長することなどもうないと思っておりましたから、感慨深いでござるなぁ。これならここでそれなりにうまくやっていけるのでは……」

途端に脱出する決意がぐらついてくる花川だった。命がけの特訓を強制されるのは困るが、それを楽にこなせるなら案外平和に暮らせるかもしれないのだ。

「そうだね。うまくというのがどれぐらいかはわからないけど、今の花川は下の中といったところかな。最低ランクよりちょっと上ぐらいだから、あまり調子に乗らないほうがいいよ」

先ほど、ヴァンは花川が使い物になるには数年かかりそうだと言っていた。ヴァンの支援を受けてもまだ数年かかるのなら、調子に乗っている場合ではないだろう。

「それは重々承知しているでござるよ。降って湧いた力を振りかざしたところで、強烈なしっぺ返しを喰らうだけなのでござる。せいぜいおとなしくしているでござるよ」

「それで、どうする？　うまくやっていきたいのなら、そちらを手助けしてもいいんだけど」

「うぅ……それは悩みどころでござるな……ですがまあ、とりあえずは脱出を優先してですね。駄目なら居残る方向で一つ……」

「わかったよ。ギリギリまではそれでいけるかもね。ただ脱出に失敗したうえで居残るのは無理だと思うから、その見極めは花川に任せるよ」

「それはそうですな。脱出には破壊工作なども含まれるわけでしょうし、失敗すれば只で済むとはとても思えないでござる。で、これから具体的にどうすれば？」

「ここにはいろんな人がいるからさ。使えそうな人を見繕おうかと思って」

「その、勝手にここを出ていこうとするって、重罪なのですよね？」

「うん。死刑だね」

「軽く言うでござるよね……死刑になるかもしれないとわかっていて、それでも拙者などに協力してくれる人などいるのでござるかねぇ？」

「大丈夫だよ。使えそうな人がいたら洗脳したらいいんだから」

――あ、この人、ナチュラルにやばい人でござる。

実に簡単に言われて、花川の背に怖気が走った。

これまでの言動からすると花川を助けようとしてくれているのは本当らしい。だが、それもいつまで続くかわからない。何かの気まぐれで花川に危害を加えてきたとしてもなんら不思議ではないのだ。

――ですが、今はヴァン殿に頼るしかなさそうですな……。

花川一人では現状を打破できそうにはなかった。ヴァンがどれほど危険人物であろうと、今のところはどうにか付き合っていくしかないと、花川は腹をくくるのだった。

7話　実は拙者、覚醒しましてですね、さくっと強くなってしまったのでござるよ！

注文した料理が運ばれてきたので、花川たちは食事をしながら打ち合わせをすることになった。

「で、助けてくれそうな人ということですが、具体的にはどのような人を探すわけでござるか？」

「うーん。街を囲む城壁を無理矢理突破できるぐらいに強い人とか、この大陸のルールを無視して外に行けるとかそんな感じの人かなぁ」

「そのような人物に心当たりはあるのでござるか？」

「ないよ。ないからこれからここで探すんだよ」

「そーゆーのは、賢者ぱわぁでどうにかなったりしないんでござるか？」

「なんでもかんでもできるわけじゃないからね。ま、対象を定めれば相手の能力だとかを知ることぐらいはできるから、いろいろ見ていこうよ」

「ということは、一人一人確認していくしかないということでござるか？」

「すぐに都合のいい人物が見つかるわけもないからね。そこは気楽にやっていこうよ」

「はいでござる。ということで何かすごそうな人がいないか見ればいいというわけでござるよね?」

　花川は食堂の中を見回した。

　この建物は一年生の寮とのことで、ここにいるのはほぼ一年生らしい。たくさんの生徒が食事を摂っているが、ぱっと見たところで強さなどわかるものではなかった。

「ふむ……そういえば看破というスキルを覚えておりましたな」

「本気で実力を隠蔽してるとしたら、覚えたての看破じゃ見破れないかな」

「でしたらわからないということでござるか?」

「あのあたりを見てみればいいよ」

　ヴァンは食堂の一角を指さした。

「といいますと?」

「あのあたりには落ちこぼれ気取りがたむろしてるから。実力を隠して面倒を避けようとしてる人たちがなぜかあのあたりに集まるんだよ」

「ははぁ。目立たぬように隅に行こうとすると、同じような者が集まってしまうということでござるかね」

「花川が適当にこれだと思う人物を選んだら、僕が見てあげるよ」

「あ、そこは、ヴァン殿が勝手に見繕ってくれたりはしないのでござるね」

「それぐらいの手間は惜しまないでよ」

「まあ……そうですな。何から何までヴァン殿にやっていただくのもあれでござるし……では、あの少年はどうでござるかね？」

これといった手がかりがないので、花川は食堂の隅にいるグループの中から、とある少年をこっそりと指さした。

「見てみよう。魔力無限の特性を持ってるね。魔法を使い放題だね」

「おお！　それは強いのでは？」

「それぐらいはこの学園では当たり前にいるから特別強いって感じでもないね」

「ではあっちの方は？」

「早口が得意で、高速詠唱ができるみたいだね」

「それはそんなに強そうでもないですな」

「うん。ここには短縮詠唱とか、詠唱破棄とか、無詠唱の人も結構いるからね」

「じゃあ、あっちの少女は？」

「聖女だって。偽聖女として追放されてこの大陸まで流れてきて、今さら戻ってこいと言われてももう遅いって思ってるみたい。特性は全属性の魔法が使えるってやつだけど、これもここじゃ珍しいほどじゃないね」

「あのおっさんはどうでござる？」

「無限成長と、歩くとレベルアップだね。でも、花川も今はレベル上限突破スキルを持ってるし、似たようなものじゃないかな？」

「おお！　でも、歩くだけでレベルが上がるとなるとかなりのお手軽成長ではないですか。ということはかなり強いのでは？」

「ただレベルが高いだけって人だとこの学園ではちょっと厳しいな。ただ威力が高いだけの攻撃を無効化する手段はいくらでもあるし、ただ防御力があるだけの人を殺す手段も山ほどあるからね」

「えーと……なんでそんなとんでもないのが当たり前みたいなのばっかいるんでござる？」

「この世界で強くなって、行き場がなくなった人たちが最終的に辿り着くのがこの大陸だからかな。だからいろんなのがここにはやってくるんだよ」

「ということは、城壁を守っているのも似たような輩ということでござるか」

「そう。だからちょっと強いぐらいの人を仲間にしても脱出は厳しいだろうね」

「うーん。あちらの方は？」

「死んでも生き返る」

「あの子は？」

「防御貫通」

「あっちのローブは？」

「気配遮断とアイテム奪取」

「あれは？」

「固定追加ダメージ1は外れスキルだと思われたけど、それを連打することで解決したスタイルだね」

「あの。ところどころ本人しか知り得ないようなお気持ちが挿入されている気がするのでござるが？」

「ステータスに書いてあるからね」

「では、あっちの人は？」

「スキル強奪だね」

「おお。それはこれまでのいろいろな強い人のスキルを奪い取れてすごいのでは？」

「それもできる人は結構いるから、奪っても奪い返されるだけとか、スキル強奪対策用スキルを持ってる人も結構いるね」

「あれは？」

「食べた相手の力をそっくり吸収できるって人だね。スキル強奪と似たようなものだけど、まず相手を倒すなりして食べられる状態にしないとだめだから微妙な能力かな」

「じゃあ、あいつは」

「毒とか細菌を体内で生成してばらまく能力だね。けど、状態異常耐性ってみんな当たり前に持ってるから、この学園の生徒に対してはたいしたアドバンテージはないね」

「それは？」

「効率のいい修行場所を確保してる人だけど、いくら成長しやすくなっても元がたいしたことなければ、どれだけ修行しても限界はあるよね」

「あれ」

「絶対防御。だけど、さっき出てきた防御貫通で貫通されちゃうね」

「絶対とはいったい……あ、ここでちょっと目先をかえてウェイトレスのお姉さんとかはどうでござるか？」

「ショッピングだね。どんなお店からでも、異世界からでもお取り寄せができる。使いようによっては戦えなくもないけど、直接的な戦闘力はないかな」

「じゃあ、あのこれ見よがしに日本刀を背負ってるあいつはどうでござる！」

「あいつの持ってる刀は星断刀だね。文字通り星を断ち割る力を持っていて、彼はそれを使いこなせる」

「おお！　じゃああの方が最強ではないのですかね！　その刀で城壁を断ち切ってもらえばいいのでござるからして！」

「でも、絶対防御で防げちゃうんだよ。星断刀」

「あー。なんでも斬れるとかじゃないんでござるね」

「絶対防御は防御貫通で破れるんだけど、それで城壁を壊したりはできないし」

「もう何が何やらわかったものではありませんな……城壁って空を飛んで越えるとかじゃ駄目なん

でござるかね？」

「城壁の上空は時空断絶されてるからね。飛び越えようとすると時空の狭間に入り込んで二度と出てこられなくなると思うけど」

「で、ここまでで脱出の助けになりそうな人は？」

「厳しいね。彼らはこうやって実力を隠してるつもりでも内心では自信満々で、何かあればちょっと実力を軽く見せたりして普段とのギャップで驚かれたりしてちやほやされたいとか思ってたりするんだけど、この程度の実力じゃ壁の守護隊は突破できないだろう」

「どうなってるんでござるか、この学園……」

「もともとはどこかの魔王が、自分を倒せる存在を育てるために作ったんだよ」

「なんでヴァン殿はそんなことを知ってるんでござるか？」

「そりゃ、この学園を持ってきたのは僕だからね」

「持ってきたというのは？　若干意味がわかりにくいのでござるが……」

「そのままの意味だよ。もともとは別の大陸にこの学園はあったんだ。魔王はこの学園を作った後に転生するとか言ってどっかに行っちゃったからさ。ちょうどいいやと思って、この大陸に持ってきたんだよ」

「なにがちょうどいいのかはさっぱりでござるが、この学園って昨日今日できたわけではないでござるよね？」

あらためて食堂を見回す。清掃は行き届いているが、壁や床には相当な年季が感じられた。この建物ができてから数十年は経っていそうだ。

「千年前？　一万年？　まあ結構な昔だよ」

「思ったよりスケールでかいでござるな！　ヴァン殿ってかなりの長生きでござるか？」

「ある程度強くなると不老不死なんてのは当たり前になるからね。花川も修行してればそのうちそうなるよ」

「はぁ、しかし魔王ですか。こう言ってはなんですが、そこらでぽこぽこ倒されてるような存在でござるよね？　この学園の生徒なら楽勝で倒せるのでは？」

花川も初めての異世界転移時には魔王退治に関わったことがある。その際は仲間たちと協力して首尾よく倒すことができたのだ。

今から思えば、あの程度の魔王など全然たいしたことがなく、この大陸ではなんの脅威でもないのだろう。魔王の侵略など局所的な小競り合い程度でしかなかったのだ。

「魔王っていってもピンキリだからね。これといった定義があるわけでもないし」

「ほほう。しかし、その魔王とやらはどっかに行っちゃったのでござるよね？　この学園を作った意味がないのでは？」

「いや、そこにいるよ？」

ヴァンが指さした先には、黒髪黒目の少女が座っていた。見目麗しくはあるが、体格は華奢なほうだし、暗黒のオーラを放っているわけでもない。

制服も合わせれば全体的に色が黒いのでかろうじて魔王っぽい要素があると言えなくもないのだが、似たような格好の者はこの食堂内だけでもそれなりにいる。やはり、花川には魔王だとは思えなかった。

「いやもう、設定がいろいろあり過ぎて混乱してきているのでござるが。何がどうなってここにいるんでござるか？」

「転生のためにどっかに行ったって言ったろ？　無事転生して、この学園にいる夫婦の子供として生まれてきたんだよ」

「あー、なんかありがちなやつですな。転生しても魔王の力はそのまま持ってたりするのでござろう？」

「うん。確かにそうなんだけどね。彼女が死んで転生する間に、学園の生徒たちの実力がインフレしちゃってさ。魔王の力っていっても、もうそんなにたいしたことがないんだよ」

「え？　ということは、あの人、自分を魔王だと思ってて、負けねぇわあぁ、つれぇわぁ、早く私を倒す奴現れねぇかなぁ、って思い込んでるだけのピエロということになるのでは？」

「そうだね。一年生でまだ実戦に出てないとなると、お互いの実力を知る機会もないし」

「じゃあ、その魔王に助太刀してもらっても？」

「うん。脱出は難しいだろうね」

「これ、けっきょくどうしたらいいんでござるか……」

「うーん。もうちょっと使える人がいるかと思ったんだけど、なかなか難しいね。これなら普通に訓練を受けて外に出られるようになったほうが早いかもしれない」

「そうでござるかぁ。まあ、拙者も強くなったわけでござるしなんとかなるのやも知れませんな！」

「こんなところにいたのか、花川一年生！」

突然呼びかけられ、花川は振り向いた。すると、近くまでやってきたイングリットが花川を睨み付けていた。

「げぇ！　イングリットたん！」

「ほう？　中々に元気そうではないか！　これなら再度特訓しても大丈夫だな！」

「いや、そのですな！　これはおかしくないですかね！　授業とかで勉強させられるのならともかくとして、イングリットたんが拙者を個人的に鍛えるというのはどういう了見でござるか！」

「最初に言っただろう。私はお前を見捨てないと」

「いや、もう結構なのでござる。実は拙者、覚醒しましてですね、さくっと強くなってしまったのでござるよ！　もうこれは天賦の才ということですかね！　ですので特訓はもう結構なのでござるよ！」

「ほう？　ならばその力を存分に見せてみるがいい。私が見極めてやろう。私が納得できたなら通常授業に出席する許可を出してやろうじゃないか」

イングリットはただの先輩というだけではなく、上官としての立場も持っているようだった。

「えぇ……ヴァン殿、これはどうにかならないですか」

花川はすがるようにヴァンを見つめた。いろいろと手助けをしてくれているのだから、こんな状況もなんとかしてくれないかと思ったのだ。

「はははっ。どうにもならないよ。僕は一年生で、彼女は二年生なんだから」

「え？　こーゆーのは助けてくれないのでござるか？」

「もう手助けはしてるじゃないか。特訓はなんなくクリアできると思うけど」

「うう……そうは言われましても、またわけのわからない化物に追いかけ回されたりするのかと思うと憂鬱になるのでござるが……」

「ああ、そうそう。僕もそんなに花川にばかり時間を取れないんだよ。ここで別れたらしばらくは会えないかな。この後は自力でなんとかしてほしい」

「いや、ここで見捨てられたら拙者一人ではいかんともしがたいかと思うのでござるが！」

「そこは頑張って――」

ヴァンが花川をすげなくあしらおうとしたところで、爆音と振動が食堂を襲った。

「な、何事でござる！」

音がしたほうを見てみれば、壁が派手に破壊されていた。何かが飛んできて壁を突き破ったのだ

ろう。

何が飛んできたのかと見てみれば、巨大な瓦礫のようだった。壁を破壊した瓦礫はそのまま室内へと飛び込み、多数のテーブルや人を蹴散らして反対側の壁にぶつかっていた。

花川は壊れた壁越しに外を見た。いくつもの建物が崩壊し、炎上していた。どうやら別の建物への攻撃の余波がここまで届いたという状況らしい。

何人かは、瓦礫の衝突に巻き込まれて死んだようだった。先ほどヴァンが解説したように一年生の中にも強い者はいるが、大半はそれほどでもないようだ。

花川は席から立ち上がり、壊れた壁に向かった。

外は大惨事だった。

今も上空から落ちてくる何かで建物は破壊され続けていて、被害は拡大し続けている。

「えーっと……あれは……イカでござるかね？」

空には回転しながら飛んでいるイカのような形状をした物体が浮かんでいた。

「古代遺物だね。初めて見るタイプだけど」

隣にやってきたヴァンも空を見上げていた。

「そのですね。あのイカは城壁を越えてやってきたようなのでござるが、何でしたっけ？　時空断絶でしたっけ？　それで通れないとかいう話ではなかったでござるか？」

「うーん。不思議だね！」

「あ、それで済ませるつもりでござるね」

だが、難攻不落の城壁を破って外からやってきた何かがいるのだ。これは脱出のチャンスかもしれないと花川は考えた。

8話　こんなとこ見られるとむっちゃ気まずいな！

　ヒメルン国王城の中庭。女王のエリザベルとルーが散歩をしていると、兵士がジェラールの死亡を告げにきた。

「あなたは死亡したと言うけれど、それは本当なのかしら？」

　エリザベルはしばらく茫然自失となっていたが、少しして気を取り直した。

「いえ、確認できたのはジェラール様の反応がなくなったことだけです」

「では、死んだという確証があるわけではないのですね？」

「はい。それはそうなのですが、我々は基本的には反応の消失をもって死亡と判断しておりますので……」

「ですが、ジェラールですよ？」

　ヒメルン国のLユニットであり、神々に愛されているジェラールだ。何者が相手だろうと負けるわけがないし、たとえ死んだところであっさりと生き返るはずだ。やはり、エリザベルにはジェラールが死んだとは思えなかった。

「はい。ですので、今後どのように対応すればよいのかをお伺いにきたのですが」

「もう少し具体的に訊きますが、反応とは何のことを指しています？」

「プロトコルから提供されているユニット位置の情報から判断しています。ジェラール様の反応が突然消失しました。これまでの事例では死亡と判定する状況です」

プロトコルはこの大陸で行われている争いを統括するシステムであり、全てはこのプロトコルのもとに行われている。

このプロトコルにより、支配エリア内のユニットの位置を知ることができるのだ。

「反応が消失しただけであれば、必ずしも死亡したわけではないでしょう？」

ユニット位置を知ることができるのは支配エリア内だけだ。よって、支配外のエリアへ移動したなら位置はわからなくなる。

エリア間の移動にはプロコトルに則った手順が必要になるが、ジェラールであればそれらを無視して移動することも可能かもしれなかった。だいたいどこからやってくるかもわからない神とやらが現れるぐらいなのだ。むしろそれぐらいはできないほうがおかしい。

「ですが、ここであなたと話していても埒があきませんね。司令室へ向かうとしましょう。ルーちゃんには申し訳ないですけど、ここでお別れですね」

「あ、はい」

ルーは何が起こっているのかいまいちわかっていないようで、きょとんとした顔になっていた。

エリザベルはその場でふわりと浮き上がった。

エリザベルのクラスは女王《クイーン》で、主な特性はランダムに仲間を生み出すことだが、空を飛ぶぐらいは造作もない。

エリザベルは空へと舞い上がり、王城の最上階にある司令室に辿り着いた。

「エリザベル様！」

窓から入ってきたエリザベルを見て、兵士たちが跪《ひざまず》いた。

「例のエリアの様子はどうなっているのですか？」

「こちらをご覧ください」

壁面に六角形が表示された。ジェラールが向かったエリアを表すものだろう。六角形の中には青い点と赤い点がところどころに表示されていた。

青が自軍を、赤が敵軍を表している。どちらの点も北東側に多く配置されていて、これはおかしなことだった。このエリアはヒメルン国の支配領域であり、自軍はエリア全体に満遍なく配置されていたからだ。

「ここにはもともと合計コスト500のユニットが配置されていました。ニーナ姫とその部下たちです。ニーナ姫と部下が倒れ、マリノが帰還したため205減少し、その後ジェラール様とマリノが転移しましたので600増え、さらにその後813が減少しました」

エリア内に入れる人数には上限がある。国ごとにコスト1000までになっているのだ。ユニットごとにコストが定められていて、Lユニットが500、Mユニットが100、Sユニットが1となっている。

最初にいたのがMユニット二体とSユニット三百体。最終的にはSユニット八十二体となったようだ。

「そもそもニーナを倒したという敵は何者だったのです?」

ニーナが死んだと聞かされてもそういうこともあるだろうぐらいにしか思っていなかったエリザベルだが、ジェラールまで巻き込まれたとなると、そもそものきっかけが気になってきた。

「それが……敵軍に動きはありませんでした。敵軍はSユニットのみですので、ニーナ様が、ましてやジェラール様が倒されるとは考えにくいのですが」

「……ということはプロトコル管理外の何者かがいる、ということでしょうか」

「はい。プロトコル管理下にあるユニットの存在を隠蔽することはできませんので」

ジェラールを愛でていた神が時折やってくるように、外部から強力な存在がやってくる可能性はゼロではない。それらはプロトコルのインターフェイスを用いて位置を把握することはできないのだ。

「ジェラールの反応が消えた場所はどこですか?」

「南西にあるセイラ感染者の集落の南側、エリア境界壁近辺です」

「そこに全Sユニットを向かわせて調べさせなさい。映像の連携も行うように」

ここからでは現地の詳細はわからないので、ユニットを向かわせて目視で確認させるしかなかった。ユニットの視聴覚情報を連動すれば司令室でも確認できるので、エリザベルもこの場から現地の様子を見ることができる。

映像の連動にもポイントが必要になるので、いつでもどこでも映像連携を使うわけにはいかないのだが、今は多少のポイントを温存している場合ではないだろう。

「エリア拠点の防衛戦力も向かわせるのですか？」

「はい。謎の敵の捜索、撃退が最優先でしょう？」

エリザベルはジェラールが死んだとは今も思っていないが、状況が不透明なのは問題だった。まずは何が起こったのか、今もそれは継続しているのかを確かめねばならない。

エリア地図の隣の壁面に、映像が映し出された。まずは最も対象地点に近い部隊の隊長の視点が表示されたようだ。

一日で、異常なことが起こっているのがわかった。セイラ感染した植物が密集して、大きく長く成長しているように見えたのだ。

セイラ感染した動植物はその時点で成長を止める。同じ状態を維持しようとするのだが、よく見てみればそれは行き場をなくした植物が、別の植物の上に生えているような状況だった。

部隊は背丈以上の高さで視界を遮っている植物を無理矢理かき分けて前へと進んだ。

彼らは全身を隙間なく鎧で包んでいるので感染することはないが、それでもこの異様な状況には竦《すく》んでいるようで、足取りは重かった。

植物の密集地帯を抜けると、今度は何もない大地が広がっていた。多少の起伏はあるがそこにセイラ感染した植物はなく、実に寂しげな場所になっていた。状況から見て、ここにあった植物が押しやられるように端へと移動したのだろう。

植物の生えていない赤茶けた大地を部隊の者たちが歩いていく。ほどなくして、目的地であるジェラールの反応が消えたという地点に辿り着いた。

ジェラールはそこに倒れていた。どこかへ移動して反応が消えたわけではないことがこれで判明した。

そして、そのジェラールの近くには二人の男女がいた。少年と少女がそばにしゃがみ込み、ジェラールの身体をまさぐっているのだ。

気配に気付いたのか、少女が部隊へと目を向けた。その目はおどおどと泳いでいるかのようだった。

「こんなとこ見られるとむっちゃ気まずいな！」

ジェラールの懐に手を突っ込んでいた少女が唐突に叫んだ。

エリザベルは、その光景を見てとまどった。この期に及んでもジェラールが死んだことを認めてはいないが、何かがあったことは間違いないのだ。

「エリザベル様。敵ユニットの反応はありません。また、見る限りではセイラ感染の兆候はないようです」

セイラに感染した動物はなぜか眼の色が紫色に変化するので一目瞭然だった。ただ、眼の色を隠蔽するのはそれほど難しくはないだろうし、眼の色だけで完全に信用することもできない。

「たまに紛れ込んでくる餌のようなものがたまたま生き残っているのですかね？」

何の偶然か、時折大陸の外部からただの人間が紛れ込んでくることがある。外部への移動は厳しく制限されているが、内部への移動は特に制限されていないためだ。

もちろん、ただの人間がこの大陸で生き延びることはできず、その存在が問題視されることはないのだが、この状況では甚だ怪しいとしか思えない。ジェラールが倒れている件とまったく無関係とは、とても思えないのだ。

「火事場泥棒的なものでしょうか？　とりあえず殺しなさい」

エリザベルが指示を出すと、十体の部隊が剣や槍を構えて勢いよく突撃を開始した。

殺せたなら死体を回収してそこから情報を得るなり、生き返らせるなりすることができるだろう。

もちろん、そこにいる人物がジェラールを倒したのかもしれないので返り討ちにあうかもしれないが、Sユニットの十体程度が死んだところで何の損失にもならない。この程度の犠牲で相手の実力の一端を知ることができるのなら、十分に意味がある。

だが、けっきょくたいしたことはわからなかった。突撃した部隊は、何の前触れもなくバタバタと倒れ、映像も途切れてしまったのだ。

見た限りでは、特に何かが起こったようには思えなかった。

少年と少女がジェラールの身体のあちこちを探っているだけだったのだ。

「何が起こったのかわかりますか？」

「反応が消失しましたので死んでいます。ただ、私にはいきなり倒れたようにしか……」

部下はそう答えたが、エリザベルにもそのようにしか見えなかった。

「他の部隊はどうなっていますか？」

「はい。それぞれ目的地点へと近づいていますので、映像はそちらに切り替えます」

再び映像が映し出された。

先ほどと同じように、少年と少女とジェラールが視界に入っている。違うのは、残り全ての部隊がここに集結していることだった。

十体が先ほど倒れたので、七十二体のSユニットで、謎の人物を取り囲んでいることになる。

「視点となっているユニットはそのまま待機。残りの者を向かわせましょう」

「七十一体全員で突撃ですか？　それはあまりうまくいかないのでは」

「ちまちま順番に攻撃するのは手間でしょう。同士討ちを気にせずに一斉に突撃したほうが成功しやすいかと思います」

エリザベルはこの国において絶対的な存在だ。彼女がそう言うのなら、部下たちもそれ以上は何も言えなくなる。

Sユニットたちがまたもやの突撃を開始した。

エリザベルたちは、今度こそ何が起こるのかを見極めようと目を凝らした。

勢い込んで兵士たちが駆けていく。そして、やはりというべきなのか、バタバタと倒れていった。

突撃を敢行した者は全て動かなくなり、エリアマップに表示されていた青い点も次々に消えていった。残ったのは、この状況を今も見ていて映像を送ってきている兵士のみだ。

「これはどうしたものでしょうね。今回もほとんど何もわからずじまいですが」

「その……これはもう、関わらないほうがいいのではありませんか……」

部下の一人が、恐る恐るそう言った。

「しかし、この謎の状況を放置もできないのではありませんか？」

今すぐ対応する必要はないかもしれないが、関係ないと無視するわけにもいかないだろう。いつ何時《なんどき》、このわけのわからない状況がヒメルン国に影響を及ぼすかもしれないのだ。

「そうですね。幸い、コストが0近くになりましたので、次はMユニットを九体送り込みましょうか」

コスト上限が1000なので今送ることのできるMユニットは九体になる。生き残っているSユニットを始末すれば十体送れるが、現地の状況を知る術がなくなってしまうのもまずいだろう。

「いっそのこと最初からLユニットを送り込んだほうがよくはないですか？」

「そうなると、今出陣させているLユニットを呼び戻さないといけないですし」

一度に出陣できるＬユニットは十体までという制限がある。そのためＬユニットを軽々しく移動させることはできなかった。

「承知いたしました。王都にいるＭユニットを九体、対象エリアへと転送いたします」

戦力の逐次投入など褒められた話ではないが、エリアに投入できるコスト上限や、運用できるユニット数に制限があるため仕方がない。

九体のＭユニットはエリアの中心にあるエリア拠点に現れると、そこから南西の目的地点へとほぼ一瞬で移動を終えた。

Ｍユニットであれば、高速飛行程度は造作もないのだ。

「さて。どうなることやら」

あるいはＭユニットであろうとあっさりと死ぬかもしれないが、Ｍユニットの九体程度ならまだ許容できる範囲の損失だった。

9話　うっかりしてましたけど、ルーさんでしたらこんなぐらいでは死にませんよね

　ヒメルン国王城の中庭。可憐なドレスを着ている十二歳ぐらいの少女がぽつんと立ち尽くしていた。

　賢者の石が融合して人の姿になり、夜霧によってルーと名付けられた少女だが、これからどうすればいいのかすぐにわからなかったのだ。

　ルーを連れ回していたこの国の女王、エリザベルはルーを置いてどこかへ行ってしまったのだ。

　もちろん、夜霧たちと合流するのが当面の目的にはなるのだが、かといって今すぐにすべきことも思いつかない。

　いろいろと話を聞いたので、この大陸の仕組みのようなものはわかった。それによれば、ここから出るには二つの方法があるらしい。

　一つは、ポイントと呼ばれる資源を入手し、それを使用してエリア境界壁を通過することだ。だが、そのポイントを入手する手段がルーにはなかった。ポイントはセイラ感染者から抽出する必要があるのだが、このエリア内にセイラ感染者はいないのだ。

もう一つは、この王国の軍事行動により外部へと派遣されることだ。その際にも転移距離に応じたポイントが必要になるのだが、それは王国がこれまでに溜めたポイントによりまかなわれる。

つまり、今のところ、ルーにできることはなさそうなのだ。

ルーにもある程度、神としての力が戻ってきているが、その力をもってしてもこの大陸を支配するプロトコルを無視することはできなかった。

「ヒルコさん？　が来てくれるのを待つしかないかな？」

自覚はないのだがヒルコはルーの娘らしく、慕ってくれているようだ。ルーはなぜ自分がこんな世界にいるのか、過去に何があったのかはよく覚えていないのだが、ヒルコには身内意識を感じていた。ヒルコは信じてもいいと思っているのだ。

「それかパパが来てくれるかな？」

ルーは夜霧をパパと呼んで慕っていた。

もちろん血縁関係にあるわけではないのだが、赤ん坊の自分を世話してくれていたわけだからそう呼んで差し支えはないと思っている。

夜霧はそれほどルーに関心はないようだが、ルーが持つ神の力に利用価値はあるはずなので、ルーを求めてやってくる可能性はそれなりにあると思っていた。

「でも、とりあえずは待ってるしかないか」

下手なことをして行動を制限されると後々面倒だろうし、今はおとなしくしているしかないだろう。とはいえこんなところでぼんやりとしているのも暇ではあるので、ルーは王城を出ていくことにした。

本拠地であるこのエリアには王城と城下街が存在している。一辺が十キロメートルの六角形が一エリアとなっていて、ルーはこの範囲内でなら自由に行動することができるのだ。

ルーは中庭から王城へ行き、正門を通って城下街へ移動した。要所には門番などが当然いるのだが、ルーの出入りを咎められることはなかった。

ルーはこの国ではＬユニットという扱いになっている。Ｌユニットは王族で構成されるため、ルーも王族に準じた身分になっているのだ。

逆に、王族が従者も連れずに一人で街に出かけるなど問題になりそうなものだが、それはＬユニットであるがために問題視されていなかった。

Ｌユニットはこの国の最高戦力であるため、街にいる程度の人間が危害を加えられるとは誰も思っていないのだ。

王城の正門を出て街を見下ろす。王城は一際高い場所に建てられていたのだ。

城下街には建物が密集していた。建物は主に石や木で造られているので、文明としては素朴なもののようだ。

通りには数々の店が立ち並び、人々で賑わっている。盛況ならなによりなことだが、ルーはこの光景に違和感を覚えた。

「食料難みたいな話じゃなかったっけ？」

視界に入るだけでも数千人はいそうだ。見たところ、エリア内はほぼ城下街で占められているようなので、街としてはかなりの規模だろう。

ルーは神の力でエリア内を走査してみた。

面積は二百六十キロ平方メートルほど。人口は百万人ほどだ。この人数が生活していくのなら、かなりの食料が必要になるだろう。

だが、この大陸はセイラという謎の生物に侵食されていて、食用にできる動植物は限られているらしい。そのため、わずかな食料を巡って争っているようなことを聞いていたのだが、どうも実情とは異なるようだ。

ルーは長い階段を下り、城下街へと足を踏み入れた。

大通りにはいくつもの屋台が並んでいる。お腹が空いていると思ったルーは、適当な屋台の前へと移動した。

串に刺した肉を焼いて売っている店だ。肉の出所が気になったルーは、その肉が何なのかを神の力で調べた。今のルーは全知とまではいかないが、その肉がどこからやってきたのかぐらいは追跡することができる。

その肉は本質的には人間のものだった。

エリザベルが作り出したSユニット。その中でもろくな力を持っていない、この国に不要な人間だった。

「いや……なんだろ。さすがになんか嫌なんだけど」

ルーは屋台を後にした。本来の神としての自分なら食料の原材料が何であろうと気にはしない。だが、今のルーは夜霧をパパと呼ぶぐらいに人間に寄っていて、この肉に忌避感を覚えたのだ。

「うーん。けど、食料は女王がいくらでも作れるってことなら、この国は戦わなくてもいいんじゃ……まあ、余所の国が襲ってくるなら、戦わなきゃだめなのかもしれないけど」

ルーは再び大通りを歩きはじめ、街を散策した。街は活気にあふれているが、どこか虚しいようにも思えた。

本来、この国にはこの規模の街が存在できるだけの国力はないはずだ。大陸は広いがそこに資源はほとんどなく、支配領域はエリアで分かれて移動も制限されている。他国とは争うだけで交流はなく、大陸外との交易もかなり限定されている。

そんな状況で、これほど盛況になるものかと疑問に思えてくるのだ。そう思って周りを見てみると、この活気が作り物めいて見えてくる。

「うーん。そもそもこれが人の街としておかしいと感じる常識って、私のどこから出てくるのかな?」

ルーには、夜霧たちと出会ってからの記憶しかない。ルーに自我が芽生えたのは数日前のことで、本来なら言葉を喋ることすらできないだろう。

「まあ、どうでもいいか」

今のルーの中に答がないことはわかっているので、考えるだけ無駄だった。

通りを歩き続けていると、大きな広場に辿り着いた。円形の広場中央に大きな噴水があり、ルーは噴水の縁に腰掛けた。

「さて。情報収集ぐらいかな。今できることは」

この大陸にやってきたのは、賢者を見つけて賢者の石を得るためだ。賢者がどこにいるのかわかっていないので、この国に何か手がかりがないか探っておくべきだろう。

ここに手がかりがなかったとしても、それがわかるだけでも夜霧たちの役に立つはずだ。

「聞き込みかなぁ。誰に訊けばいいんだろ。その辺の人に訊くんじゃ効率悪そうだし……偉い人に訊いたほうがいいかな」

立ち上がったところで、ルーはあたりが急に暗くなったことに気付いた。

雲で陽が陰っただけかとも思ったが、それにしてはやけに暗い。気になったルーは空を見上げた。

巨大な物体が浮かんでいた。

「うん？」

それが何かを走査しようと考えているうちに、それは落ちてきた。

ルーは咄嗟に飛び退き、そのまま宙を飛んで広場の端にまで避難した。巨大な何かは大きな噴水を押し潰し、広場を砕いた。

広場は陥没し、中心から亀裂が四方へと走り、広場を壊滅させる。広場にいた人々は、巨大な何かに押し潰され、あるいは砕け飛んだ石畳を喰らい、あるいは亀裂に落ちて死んでいった。

ルーは宙に浮いたままなので影響は受けていないが、この場にいたほとんどの者は致命傷を負っていることだろう。

それはぶよぶよとした白い塊だった。ルーの知識にある物になぞらえるなら、それは巨大な蛆虫のようなものだ。

その白い肉の下部には人の足のような器官が無数に生えていた。蛆虫状の身体の大きさから考えればその足で移動できるとはとても思えないのだが、蠢く足は見る者に強烈な印象を与えていた。塊の上部には半透明の翅《はね》のような巨大な器官が生えていた。それを羽ばたかせたところで飛べるとは思えないのだが、存在感はかなりのものだ。

一目見た限りでは不気味な化物としか言い様のない存在であり、ルーは敵襲かと考えた。

この大陸のルールによれば周囲のエリアを支配してからでなければ本拠地に侵攻することはできないはずなのだが、そのルールを破る手段が何かあるのかもしれないと思ったのだ。

かなり驚いていたルーだが、気を取り直してその塊を走査した。

それは、ヒメルン国の女王であるエリザベルだった。

「え？」

「あら、ルーさん。こんなところにおられたのですね」

ルーは声がしたほうへと目を向けた。

巨大な蛆虫の先端に、エリザベルの姿があった。ただし、上半身だけの姿だ。蛆虫状の身体に比べればエリザベルの部分はあまりにも小さく、一目見ただけでは見逃しそうになるほどだ。

エリザベルの腰から下は蛆虫の中に消えていた。融合しているのか、埋まっているだけなのかはわからないが、ルーが神の力で調べた結果、この巨大な物体の全てがエリザベルだった。

「うっかりしてましたけど、ルーさんでしたらこんなぐらいでは死にませんよね」

「あの。これはいったい」

「念のため、ですね。何やら敵がいるようですので、しっかりと準備をしてから行こうかと思いまして」

蛆虫のような身体から、白い触手のようなものが無数に飛び出した。それらは広場の各所に伸びていき街の人々に絡みついた。

街に悲鳴が響き渡った。死んだ者も多いが、まだ生きている者もここにはまだ存在しているのだ。

触手は、生死を問わず街の人々を捕らえ、本体へと引き寄せていく。たちまちのうちに、街の人々はエリザベルへと吸収されていった。

エリザベルの持つ、胎内回帰というスキルによるものだった。エリザベルは、自らが生み出した人々とその子孫を吸収して力を蓄えることができるのだ。

「ではまた」

エリザベルはそう言うと、身体を蠕動《ぜんどう》させ這いずるようにして移動を開始した。やはり足などは飾りだったようで、身体と地面に挟まれて潰れていくだけのようだ。

エリザベルは広場から出て、その巨体で大通りを進みはじめた。

近くにいる者を捕らえて吸収し、そのたびに巨大な身体はさらに少しずつ大きくなっていく。たまに無視されている者もいるようだが、それはエリザベルが生み出した人間ではないのだろう。

大きくなったエリザベルは大通りには収まりきらなくなり、周囲の建物を崩しながら去っていった。彼女にとって、街の被害などどうでもいいことのようだ。

「これじゃ話を聞くどころじゃないかな」

ルーは、これから向かうつもりだった王城へと目を向けた。

王城は半壊していた。ここへ飛んできた時点でエリザベルはかなりの大きさだった。つまり、王城にいた人々を吸収してからやってきたようで、そうなると今から王城へ向かっても無駄に終わりそうだった。

仕方がないので、ルーはエリザベルが向かったのとは逆側へと飛んでいった。

まだ被害が及んでいない公園に着地し、ベンチに座ったルーはため息をついた。

「でもどうしたものかなぁ」

「見つけた」

うつむいていたルーは、その声に顔を上げた。

目の前に白い簡素なワンピースを着た少女が立っていた。

それは、ルーだった。

正確には、十六歳ぐらいに成長すればこうなるであろうというルーの姿をした少女がいたのだ。

「えーっと……私、だよね？」

「ええ」

少女は実にそっけなく答えた。

「探すまでもなく向こうからやってきた!?」

「あなたから見ればそうなんでしょうね」

「どうやって？」

少女は答えずにそっと手を差し出した。これ以上の会話など必要ないということだろう。自分の一部を取り込めば、より元の姿に近づくはずで、その際に記憶は統合されるからだ。

それはルーにとって望むところのはずだった。力を取り戻すためにこの大陸にやってきたのだから、これでほぼ目的を達成できたようなものだ。

だが、ルーは即座にその手を取ることはできなかった。

「これ、融合すると私ってどうなるのかな？　体格からして割合的にはあなたのほうが多いよね？」

出入りできないはずのエリア内にやってこられるぐらいなので力も少女のほうが上のはずだ。このまま融合すれば、主導権は力のあるほうに移るのではないかと思えたのだ。

「自我のことですか？　そうですね。気になるということでしたらあなたをベースに再構築するということでいいですよ？」

「あなたはそれでいいの？」

「いいも何も、けっきょく私自身ですよ。それに、あなたが今持っている自我は仮初めのものでしかないです。どうやら私たちには肝心の部分が欠けているようですし」

それは少女を見た時から感じていた。ルーと少女でほとんどのパーツがそろったはずだが、記憶や意思を司る魂というべき部分が足りないのだ。

「じゃあとりあえずはそれで」

いつまでもこのままではいられないし、いつかは完全に統合しなければならないのだ。覚悟を決めてルーは少女の手を取った。

繋いだ掌に境目がなくなり一つになり、少女の記憶がルーに流れ込んできた。

目覚めた少女はよくわからない場所にいて、目の前に青年がいたが特に興味を持てなかったのですぐに移動したのだ。そして、自分の気配を感じたのでルーの前にやってきた。彼女の経験は、この程度しかない短いものだった。

記憶を確認しているうちに、ルーと少女の融合は終わっていた。意識はルーのままで精神面での変化は特になかった。身体はさらに成長して二十歳前後になっている。見た目だけは全盛期に戻っ

たようだ。

もともと二人が着ていた服はサイズが合わなくなったので分解してある。裸のままも嫌だったルーは服を創造することにした。

モチーフは、知千佳にもらった服だ。豪華なドレスを気に入っていたわけではないし、ただの白いワンピースではあまりにも素っ気ない。そう考えれば知千佳の服がちょうどいいと思ったのだ。

今の自分の体格に合わせたそれらしき服をルーは身に纏った。

「んーと……ここは大陸じゃないのか」

今のルーはこの場所の全貌をほぼ把握できていた。無数の細かな浮遊島を幻影と転移によって大陸に見せかけているだけなのだ。

なぜこんなことをしているのかまではわからないが、ルーはそれほど興味を覚えなかった。ここを出ていけるだけの力と知識を得たのだから、それは些細なことでしかないだろう。

「じゃあ……ヒルコさんのところに行ってみようかな」

夜霧のところへ行こうかとも思ったが、いきなり赴いて冷たくあしらわれでもしたら落ち込んでしまう。ヒルコがいれば、場をうまくまとめてくれるかもしれない。

ルーは、ヒルコの位置を探り、ヒルコがいるエリアへと転移を試みた。

10話　大丈夫!?　また変なの来ない?

夜霧たちは、境界エリア付近からほとんど移動できていなかった。

「さっきから次々に何かやってき過ぎじゃないかな！　もうちょっとこう！　手心が欲しいんですけどね！」

知千佳が誰とはなしに文句を言っていた。

「ヒメルン国だっけ。そっちからすれば手加減する必要はまったくないだろうし」

王子だかがやってきて倒したと思えば、彼を見守る神とやらが現れ、それを倒すと全身鎧を着込んだ兵士が大量にやってきた。

それらも倒すと、今度はいかにも偉そうな態度の男女が九名やってきて、夜霧たちの前方の空間に浮いているという状況だ。

彼らは全身を鎧で防御しておらず、統一性のない格好をしていた。彼らが指揮官クラスのはずだが、ヒメルン国は軍服を身につける制度ではないようだ。

「おいおい。何のオーラも感じねーぞ、こいつら」

「しかし、七十一体のSユニットを倒しているのは事実だ」

「ゆーても、俺らでもSユニットなら何千体いようが楽勝だろ。そもそも立ってる場所が違い過ぎて勝負にもならねぇよ」

「何かしてくる前に速攻で倒すしかないっしょ！」

「じゃ、さくっとやっちゃいますか！」

「死んじゃえ！」

そして様々な格好をした男女九名がばたばたと墜落していった。殺意を感じた夜霧が迎撃したのだ。

「大丈夫!?　また変なの来ない？」

知千佳が疑心暗鬼になってきょろきょろとあたりを見回していた。

『すっかりすれておるな。敵が勝手に死ぬのが当たり前になっておる。壇ノ浦流の後継者としては著しく問題ではあるのだが……この状況ではいかんともしがたいな。まさか即死させるなとも言えぬし』

「一人残ってるな」

夜霧が見た先にいる人物がびくりとのけぞった。全身鎧を着ているので雑兵だろう。彼だけは襲ってこなかったので、夜霧は無視していたのだ。

彼の身体は小刻みに揺れていた。ヘルメットで顔が隠れているので表情はまるでわからないが、怯えているのは手に取るようにわかった。

「あんたは何してるんだ?」

「そ、その……殺さないでください!」

「襲ってこないなら殺さないよ。一人だけ何もしてないし、なんなのかなって疑問に思っただけで」

わざわざ一人だけ残っているのだから何らかの理由はあるのだろうが、男は何も答えなかった。

「答えたくないなら無理には訊かないよ。今のところ増援はないようだし、そろそろ移動しようか。スコットさんってどっちに飛んでったっけ?」

ジェラールがスコットを吹き飛ばしたらしいことはわかっているが、夜霧はその現場を見ていても何が起こったのかまるでわかっていなかった。隣にいたスコットが正面にいるジェラールに吹き飛ばされたのなら、背後へ飛んでいったはずだが確証が持てないのだ。

「あ、そうだった。スコットさんを捜しにいこうとしてたんだった。吹っ飛ぶ瞬間は見えてたから……こっちかな?」

「見えてたんだ」

「見えたからってどうしようもないけどね」

知千佳が指さしたのは北だった。スコットの村がある方角なので、まずはそちらに向かうべきだろう。

もしかすれば、ここでばたばたと死んでいるヒメルン国の兵士がポイントの入ったシリンダーを持っているのかもしれないが、使い方がわからなければ意味がない。何にしろ、この大陸を移動するにはアドバイザーとしてのスコットが必要なのだ。

「じゃあ行こう」

夜霧と知千佳は、屍を踏み越えて北へと歩きだした。

このあたりは草原だったはずだが、今では地面がむき出しになっている。周辺の環境がジェラールや神によって頻繁に変えられてしまい、それでも死ぬことのないセイラ感染した雑草の類は環境改変の影響外へと移動してしまったのだ。

しばらく行くと地面に大きな穴が開いているのが眼に入った。スコットの村があった場所だ。先ほど見た時はこの穴が植物で塞がれていたが、環境改変の影響はここまで及んでいたらしい。

穴の周辺を軽く見回してみたが、ここにスコットはいなかった。夜霧たちは穴を避けて進んでいった。

「高遠くん。言っていいかな？」

「ん？　言って悪いことを言うつもりなの？」

「あ、いや、ただの前置きなんだけど」

「どうぞ」

「なんであの人ついてくんのかな！」

知千佳が振り返り背後を指さした。そこには、全身鎧の兵士がいた。先ほどからずっと夜霧たちの後をついて歩いているのだ。

「俺たちを見張ってるのかな？」

『うむ。あの様子から見るに偵察であろうな。面倒を避けるのなら殺しておいたほうがよいとは思うが』

「ついてくるだけなら放っといたらいいよ」

『放っておくにしても、撒いておいたほうがよくはないか？』

「それも難しいだろうな。身体能力は確実に俺らより上なんだろうし」

ただの雑兵だとしても、この大陸の組織に所属している兵士なら最低限の実力は持っているはずだ。

バトルソングからもたらされるスキルや、レベルアップシステムの恩恵を受けているはずなので、ただの人間である夜霧が何もないだだっぴろい荒野で逃げ切るのはほぼ不可能に思えた。

「いつまでついてくるつもりなんだろ？」

「あの調子だとずっとかな？」

兵士は怯えながらもついてきているようだった。今すぐにでも逃げ出したいという思いを必死に抑え込みながらつけてきているようなので、生半可なことでは追跡を中止することはないように思えた。

「あ、スコットさんだ！　おーい！」

知千佳が声を上げた。前方には小さな丘があるのだが、山頂を越えて何者かが現れたのだ。夜霧には誰なのかまではわからなかったが、知千佳には判別できたのだろう。

「高遠さん！　無事でよかった」

ほどなくして、スコットと合流することができた。服はボロボロだが、身体は無傷のようだ。

「そっちも無事でよかったよ」

「かなり飛ばされたよ。その場での復活を警戒されたのか、死なないようにかなり手加減はされてたようだが」

「これ、どういうことだと思う？」

夜霧は、スコットが吹き飛ばされてからのことを簡単にまとめて伝えた。

「神々とやらはよくわからないが、Lユニットを倒したとなるとかなりの大事だ。復讐にきたと考えるのが妥当かと思うが」

「その場合、そのLユニットより弱い奴を送り込んでくるって、何か意味があるのかな？」

「そうだな……Lユニットが独断でやってきていたのなら、こちらの状況はよくわかっていなかったのかもしれない。様子見というところではないかな？」

「なるほど。じゃああいつは俺らのことを本拠地に伝えてるってことかな？」

夜霧は一定の距離を保っている兵士を指さした。

「おそらくそうだろう。確証は持てないが」

「で。合流できたわけだけど、これからどうしようか。もともとは情報収集が目的で中立地帯に行こうとしてたんだけど」

「どこか情報収集できそうなところってないですか？」

「とりあえずは近くの集落に行ったほうが良さそうだな。情報収集という意味では望みは薄いが、そろそろ日が暮れそうだ」

言われて空を見てみれば、大分陽が傾いてきていた。荷物の中には簡易的なテントや寝袋も入っているが、何もない荒野での野宿は避けたほうがいいだろうと夜霧は考えた。

「じゃあその集落に行こう」

「私ら、ほんと進展ないよね……」

「俺もそう思うけど、地道にやっていくしかないよ」

「こっちだ。もう少し行けば、荒野化は終わっているから、集落は残っていると思う」

スコットが先頭に立って歩きだしたので、夜霧たちはその後ろについていった。

「そういえば、あの人はまだついてくるのかな？」

「そうなんじゃないの……って、増えてるんだけど！」

知千佳が振り向いた瞬間に叫んでいた。

夜霧も確認するべく振り向いた。尾行してきていた兵士は一人のはずだったが、いつのまにか二人になっている。

増えたのは、ボディラインを強調するような白衣を着た女だった。格好から判断するなら、雑兵ではないようだ。

「誰？」

夜霧は思わず訊いていた。これまでの状況からすると無視されるかと思ったが、意外にも返事があった。

「こんにちはぁ。私はチルダっていうのぉ。ヒメルン国でＬユニットやってまーす！」

「……」

「ちょっとぉ！　こっちは名乗ったんだからそっちも名乗りなさいよぉ！」

「いや、個人情報は大事だから」

現状、ヒメルン国は敵と判断していいだろう。そんな相手にわざわざ名前を教えるのもどうかと夜霧は思ったのだ。

「ま、名前はいいとして、見てのとおり、私は医者みたいなもんなんだけど」

「あ、お医者さんだったんですね。エロナースコスプレの痴女かと思いました」

「素で言ってるっぽいのがちょっといらつくわね。で、医者だからジェラールを蘇生しにきたんだけど、これも妹のニーナと同様に生き返らないのよね。どういうことかわかる？」

「どういうことって言われても、死んだら生き返らないだろ」

「そういうことじゃないのよ。私の力は時間を操るものだから、時間を戻せるわけなの。それで生き返らないなんてこれまでになかったことなんだけど」

「あんたの力は知らないけど、だったら使えなくなったとかなんじゃゃ？」

「そうなのかなぁ？」

首を傾げながらチルダが手刀を水平に振るった。隣にいた兵士の首が飛んだ。兵士は金属製の鎧で全身を固めていたが、そんなものにはまるで意味がなかったらしい。

女は縦横無尽に手刀を振るい、兵士をバラバラにした。兵士の身体だったものが、赤茶けた地面にぶちまけられる。

しかし、チルダが掌を向けると、映像を逆再生でもしたかのようにバラバラだった兵士の身体が浮き上がり、くっついていったのだ。

「ほらね？　別に使えなくなってるなんてことはないんだけど」

元に戻った兵士は何が起こったのかわかっていないようだった。チルダの言うことが本当なら、彼の時間は死ぬ前に戻っているのだから危害を加えられた記憶などないのだろう。

「手刀で切り刻むって医者と関係ないんじゃないかな！」

「ツッコむのはそこなの？」

『しかし、フィクションなら素手で執刀する闇医者とかありがちかと思うが』

「で、話が見えないんだけど、ただの通りすがりの俺たちに何か用か？」

「ニーナとかジェラールに何かしたの、あなたなんだよねぇ？　当然、仇を討ちにきたに決まってるじゃない」

「あのさ。これ、いつ終わるんだ？」

勝手に襲いかかってきたので仕方なく返り討ちにすれば、今度は復讐だと言ってさらにやってくる。夜霧はいい加減面倒になってきていた。

『復讐の連鎖というやつよの。我も昔はそんなことばかりやっておったな！』

「もこもこさんはそんな時どうしてたんだよ」

『族滅だな。一族郎党皆殺しにするのが一番後腐れがない』

「マジか……」

平安時代の幽霊なのでそれが常識なのかもしれないが、夜霧はさすがにそこまでする気にはなれなかった。

11話　幕間　機関は、宇宙人とか異世界人は徹底排除って方針だし

二宮諒子《にのみやりょうこ》、キャロル・S・レーン、エウフェミア、リズリーの四人は行動を共にしていた。

ＵＥＧの命令に従って、この世界の者たちを絶滅させるためにだ。

主に手を下しているのは、吸血鬼であるエウフェミアだった。このメンバーの中では彼女の力が突出しているので、他の者たちが手を貸す必要がまったくなかったのだ。

『私は古の神であるＵＥＧ様の使いです。ＵＥＧ様は長年この世界に封印されていました。そのため、この世界の知的生命体には封印に荷担した罪があります。よって、あなたたちには死をもって償っていただきます』

エウフェミアが都市全域に向けて念話を放った。心に直接訴えかける呼びかけであり、耳を塞ごうが、潰そうが、それは強制的に理解を迫ってくる。

エウフェミアはその呼びかけを数度繰り返す。ほとんどの者が理解するまでそれを続けるのだ。

中にはこの程度の言葉も理解できない者もいるが、それは仕方がない。何事も完璧とはいかないものだ。

ほぼ全ての住人に理解が及んだであろうところで、エウフェミアは行動に出る。人通りの多いところで、見せしめのために数人を殺す。先ほどの呼びかけは本気であり、必ず実行されることを見せつけるのだ。

当然、都市は混乱に陥る。噂は広がっていき、都市を脱出しようとする者も出てくる。それはある程度は見逃した。三分の一ほどは逃がして、UEGの噂を広めるという計画だ。

規定の人数が脱出したところで、都市全域を結界で覆い出入りができなくする。

少し待てば都市は恐怖と絶望の坩堝《るつぼ》となった。都市の全ての者が、この現実を理解してUEGに赦しを請い、祈りを捧げるようになれば最終段階だ。

エウフェミアは都市を焼き尽くす。全員が罪を自覚したのなら、まとめて処理することが可能だろうと判断しているのだ。

一人一人を順番に殺していてはいつまで経っても終わらない。合理的ではあるのだろうが、諒子は辟易していた。

さすがに無関係の異世界の住人だと割り切ることはできなかったのだ。

＊＊＊＊

エウフェミアが都市を壊滅させている間、残りの三人は手近な小屋を占拠してそこで過ごしていた。

キャロルは窓から外を見ていて、諒子とリズリーはテーブルについて手持ち無沙汰にしている。彼女らは、ここで待っているだけで特にすることはないのだ。

「これでいくつの都市が壊滅したんですかねぇ？」

窓から都市を見ていたキャロルが飄々と言う。都市を覆う結界内を紅蓮の炎が躍っていた。それが最終段階であり、全てが焼き尽くされればこの地での任務は完了だ。

見た限りでは、キャロルは諒子のように悩んではおらず割り切っているようだった。あるいは最初から異世界のことなどどうでもいいと思っているのかもしれない。

「あの……エウフェミアさんを悪く思わないでください。いえ、やっていることは悪いことなんだとは思いますけど……たぶん、私を守るために……」

エウフェミアはＵＥＧの支配下にあるが、自由意志を失っているわけではない。リズリーに対する忠誠心は相変わらず持っているのだ。

「うん。それはわかるよぉ。だって、私ら別にいらないわけだしさ。エウフェミアさんが泥を全て被っちゃってるわけだし」

「その。このままだとおそらくは本当に絶滅しちゃいますよね？」

「たぶんねぇ。というか、ここで絶滅やめちゃっても、もう立ち直れないぐらいになってるとは思うけど」

すでにエウフェミアはいくつもの都市を滅ぼしている。同時にザクロや春人《はると》も計画を遂行しているので、かなりの人間が死んでいるはずだ。

「これを手伝ってたら、私たちは死なないんですよね？」

「仲間想いみたいなことは言ってたからねぇ。たぶん」

「夜霧さんとかはどうなるんですか？」

「そう簡単に死んじゃうことはないと思うけど……どっかで合流して仲間と認めてもらったほうがいいよね。そんな都合よくいくかはわからないけど」

「仲間になったとして、みなさんは元の世界に帰らせてもらうんですよね？」

「春人はそんな話を聞いたらしいから、私たちも一緒にってことでいいんじゃないかな？」

この世界の知的生命体を全て絶滅させたなら、ＵＥＧたちは自分たちの世界へ帰る。その際に、春人は元の世界に帰れるような話を聞いたらしい。春人とは定期的に合流し、話をしているのだ。

けっきょくはＵＥＧの気分次第というところらしいが、今のところはＵＥＧの力に縋るのが、最も帰還できる可能性が高いようだ。

「私も一緒に行っちゃだめでしょうか？」

「うーん……私はおすすめしないかな。機関は、宇宙人とか異世界人は徹底排除って方針だし、私も同意してるから許容できないし」

キャロルの所属する機関は、超常的存在から世界を守るために存在しているという。必ずしも正

義というわけではないが、必要な組織ではあるのだろう。誰かが積極的にそれらに対処しなければ、世界は混沌に陥ってしまうからだ。

「そうですか……」

「ま、この先どうなるかとかはまだ全然わかんないし、そのあたりは状況次第なんじゃないかなぁ？」

キャロルやリズリーはこのままこの世界の知的生命体が絶滅するのは既定路線だと思っているようだ。

だが、諒子はそう考えてはいなかった。

このままＵＥＧが絶滅を進めれば、いずれ高遠夜霧とぶつかることになる。

だが、高遠夜霧は、あらゆる意味で無敵だ。

それは研究所の研究結果からも明らかであり、揺るぎないことだと諒子は思っていた。

ACT 2

12話　調子に乗っておる者を見ると己の矮小さをわからせてやりたくなるたちでな

「うーむ。よく寝た気がする」

ＵＥＧが目覚め、ゆっくりと身体を起こした。

睡眠も食事も必要ないＵＥＧではあるが、身体は人間を模して作ってあるので、寝起きはぼんやりとするし、喉が渇くし、トイレにも行きたくなる。

ベッドから下りたＵＥＧは、トイレに行って用を足した。部屋に戻ってきて水差しの水を飲み、テーブルに置いてあった焼き菓子を口にする。

ここは、トーイチロウの家だった。ＵＥＧは強者を求めてなんとなくここへやってきて、たまたまここにいたトーイチロウを倒し、疲れたような気がしたのでここで眠っていたのだ。

「ふむ……この菓子は旨いな。と、もうなくなってしもうたか」

焼き菓子ごときは神の力で簡単に再現できるが、それを美味しいと感じるかどうかは話が別だった。ＵＥＧはこの菓子を作るにあたっての手間や、作り手の情熱、技術の研鑽も含めてその味を判断している。

つまり神の力で先ほど食べたものをそっくりそのまま作り出したところで、ＵＥＧは旨いとは思わないのだ。

「惜しいことをしたか？　トーイチロウを蘇らせるのは簡単ではあるが……」

トーイチロウを消滅させた際に、その時点でのトーイチロウを構成していた情報は全て取得してある。その情報を元に再構築することはＵＥＧにとってはそれほど難しいことではなかった。

「しかし、けっきょくこの世界におる者は全滅させると決めておる。蘇らせて焼き菓子を作らせてまた殺してとなるとなんとも無駄なことをしておる気になるし……ふむ、この村におるのは似たようなことをしておる者ばかりのようだしな。別の奴に当たってみるか」

この村にはトーイチロウの他にも強者の気配がしているので、そいつらに菓子を作らせるなり奪い取るなりすればいいだけのことだろう。

けっきょくは殺すことになるが、役に立つようなら殺すのは後回しにしてやってもいい。ＵＥＧはそのように考えた。

「十分に休憩はしたしな。とりあえずここにおる者たちを一通り倒すまでは一息にやってしまうとにするか」

ＵＥＧはトーイチロウの家を出た。

あたりにはのどかな田園風景が広がっている。周りはほとんどが畑であり、建物はぽつぽつと建っているぐらいだ。

ここがスローライフ同盟という組織の本拠地らしいというのは、ＵＥＧも理解していた。世界に点在する結界を解析した際に関連する情報を得ていたのだ。

ここは宙に浮く島の一つで、他にも似たような島がたくさんあるのだが、どういうわけかそれらの島を転移ゲートで結んで一つの大陸として扱っているらしい。

この本拠地には、スローライフ同盟で同盟員と呼ばれる数少ない強者が暮らしているようだった。

「ふむ。それなりの者が何人かはおるようだな」

ＵＥＧは相手に合わせて自分の強さを調整しているが、あまりにも弱いとさすがにやる気がなくなってしまう。そのため、部下たちにどうでもいいような雑魚の相手を任せているのだ。

ＵＥＧはのんびりと農道を歩いていった。瞬時に移動するのは簡単だが、急がねばならない理由もない。

農道を進んでいくと、麦を収穫している農夫が眼に入った。普通ならそのような作業は下働きの者にでもさせるのだろうが、この農園はスローライフ同盟の同盟員が趣味でやっているようなものだ。同盟員自ら収穫作業を行っているのだろう。ＵＥＧから見てもその者がそこそこの強さを持っていることがわかった。

「見かけた以上は相手をせねばなるまい」

ＵＥＧは農道からそれ、畑へと入っていった。作物は麦のようで、男が一人でせっせと刈り取っている。

無造作に近づいていくと、男はＵＥＧに気付いて振り向いた。

「あんた誰？」

男は若く、整った容姿をしていた。トーイチロウはぼんやりとした容姿だったので、雲泥の差と言えるだろう。

「妾《わらわ》の名はＵＥＧ。この世界の生命を絶滅させる神だ」

「何？　あんたがこないだのドラフトで呼ばれた奴？　はぁ……たまにいるんだよな。こういうの。まぁここに来た以上それなりの力を持ってるんだろうけどさ」

男は、やれやれと言わんばかりの態度だった。

「俺は新人教育とか柄じゃないからさ。トーイチロウのところにでも行ってよ。あいつも面倒くさがりだけど、俺よりはましだからさ。なんだかんだ言いながらも面倒みてくれるよ」

「そのトーイチロウなら消滅したがな」

「はぁ？　……マジでここにいねーな。どこ行ったんだよ、あいつ」

気配を探ったのか、男は訝しげな顔になった。このエリアにトーイチロウがいないことはわかったようだが、死んだとは思っていないようだ。

「いやいや、人の言うことは素直に信じるがよい。妾は神の威信にかけて嘘は言わぬ。あ奴は消滅したのだ」

「で、何か用？　俺、見てのとおり忙しいんだけど」

「ふむ。あえて訊いてみるがなぜわざわざこんなことをしておるのだ？　手下にやらせてもよいし、なんぞの力を用いれば作物の収穫なぞ一瞬で終わろうが」

「そーゆー趣味だからだよ。畑を耕して、種をまいて、育てて、収穫して、製粉して、パンを作ったりするんだ。過程を楽しんでるのに、そこを省略してどうすんだよ」

「やはりそうか。妾も似たようなものだからな。気持ちはわかるぞ」

「なんとなく話がかみ合ってねーよなぁ。何の用だって訊いてんだよ。話がそれだけなら、作業に戻っていい？」

「まあ、話はそんなものだが、お主を殺そうと思ってな。多少は気の合うお主を殺すのは心苦しくもあるが、絶滅させると決めてしまったからな。いかんともしがたい」

「はぁ……トーイチロウをどうしたか知らねぇけど、あいつもお人好しだからなぁ……」

「うむ。確かにお人好しな雰囲気はあったな」

「動機は？　殺人事件には動機が不可欠だろうがよ」

「動機なき殺人などそこら中に転がっておる気もするが……簡単に言ってしまえば復讐だな。妾はこの世界に結構な間封印されておってな。この世界の全ての生命は妾の封印に荷担していたと考えておる。故に、全ての生命には罪があり、それを償ってもらおうと、そういうわけだ」

「ただの八つ当たりじゃねぇかよ」

「神とはそのようなものだ。お主もその罪を悔いながら死ぬがよい」

「どうせトーイチロウはお前とちょろっと戦ってから逃げたんだろうとは思うけど、俺はあいつほど甘くないぜ？　忠告だ。攻撃してきたら、俺は自動的に反撃しちまう。死にたくないなら余計なことはしないほうがいい」

「ふむ。反撃とな？」

興味を持ったＵＥＧは、軽く男に殴りかかった。特に力を込めたわけでもなく、人間の少女程度の力でだ。

男の周りには見えない壁があった。ＵＥＧの右拳が触れた途端、その壁から力があふれ出る。その力は光の奔流となってＵＥＧに襲いかかった。

光は、ＵＥＧの右腕を肩口から根こそぎ消し飛ばした。

「ほうほう。反撃とはこのようなことか」

「あぁ！　畑が吹っ飛んじまったじゃねぇかよ！」

光は直進し、ＵＥＧの背後の畑をも一直線に消し飛ばしていた。

「それは妾のせいではなかろうが。反撃が大雑把過ぎるがためよ。もう少し範囲を絞るがよいわ」

「ちっ。これで死なねぇのかよ。そこそこやるみたいだな」

「うむ。思った以上の威力で軽く驚いたわ」

「まあいい。やるっていうなら場所を変えようぜ。これ以上畑を荒らされたくないんでな」

「いや、それはもうやったのでな」

畑を気にして場所を変えて戦うのはトーイチロウとすでにやっている。同じようなことを二度続けても退屈なだけだろう。

ＵＥＧは再生した右腕を男へと伸ばした。再び壁に触れるが、今度は反撃を想定して力を込めている。またもや光線が放たれたが、ＵＥＧはそのまま腕を伸ばして男の首を摑んだ。

「あー、すごいすごい。けどだからどうしたって感じだな。自動反撃なんてたいした力じゃ――」

「いや、もうよい。底は知れたわ」

ＵＥＧは摑んだ手に力を入れた。鈍い音がして、男の首が折れた。ＵＥＧが手を放すと、男はその場にくずれ落ち、そして動かなくなった。

「どこが底だと思ってんだよ。殺されたぐらいで死ぬとでも？」

ＵＥＧが振り向くと、死んだはずの男が立っていた。どことなく自慢げな顔をしていて、ＵＥＧは少しばかり癪に障った。

「いや、わざと生き返れる余地を与えてやったわけだが」

「だっせぇ。負け惜しみかよ」

「しかし、お主に残っておるのはもうそれだけであろうが？」

何を言われたのかわからなかったようで、男は馬鹿にしたような笑みとともにＵＥＧを見つめた。

「何をわけのわからない……ことを……」

男はせせら笑おうとしたようだが、途中で何かに気付いたのか怪訝な顔になった。

「お主の強みは並行世界の自分とリンクしていることのようだな。それにより無限に等しい力を融通することができるわけだ。たとえ死んだとしても、それは髪の毛の一本が抜けた程度のことでしかない。とまあそのあたりを看破したので、ありとあらゆる並行世界のお主を今殺して回ったわけだ」

「馬鹿な……そんなことをできるわけが……」

「お主にできることなのだ。並行世界に干渉できる者が他におっても不思議ではあるまい。というか神であればその程度の戦略は当たり前であるしな。相手にバックアップがあるかどうかを確認して、それらも含めて全てを潰し合うのが神々の戦いというものよ」

ＵＥＧのそばに黒い円が出現した。ＵＥＧがその中へと手を伸ばす。その円の構造は端から見ていてもわかりはしないだろうが、それは並行世界につながるゲートだった。

ＵＥＧはゲートから男の死体を取り出した。

一つ、二つ、三つと、次々に取り出し続け、すぐに同じ姿をした死体が山のように積み上がった。

「こうやって目の当たりにすれば疑いようもないであろうが？　実は妾、調子に乗っておる者を見ると己の矮小さをわからせてやりたくなるたちでな……ふむ。どうやらわからせ過ぎてしまったようだ。意図してやったことではあるが、こうなってしまってはつまらんな」

男は完全に怯えていた。先ほどまでの威勢のいい様子は見る影もない。そして、一瞬にしてその姿が消えた。つまり、逃げたのだ。

「お主阿呆なのか」

ＵＥＧはそばにある黒い円に再び腕を突っ込み、そこから取り出した男を無造作に放り出した。

男は無様に転げて畑に倒れ込んだ。

「並行世界から別のお主を取り出せるのだぞ？　どこに逃げようとお主を呼び戻すぐらい造作もないとわからんかったのか？」

「た、助けて……」

男が額を土にこすりつけて懇願した。それが男にとって、この場でできる精一杯の行動だったようだ。

「興ざめよな。先ほどまでの威勢はどうした？」

「お、俺は、別に強いとか戦いたいとかじゃなくて、ただここでスローライフをやってたかっただけで……」

「いやいや。そうは言いつつも、そんな自分が実は強いということに自信を持っておっただろうが？　その矜持はないのか？」

「……こ、こんな奴はわざわざ殺す価値もないかと……な、何でもしますから！　何か！　何かできることはありませんか！」

「妾がお主を殺すことは最初に伝えてある。後はお主がどれだけ根性を見せるかというだけのことだったのだ。最後まで諦めぬ姿勢だけでも見せておれば妾が名ぐらいは訊いてやったものを……では死ぬがよい」

　興味の失せたＵＥＧはあっさりと男を殺した。ただその存在を消し去ったのだ。ついでとばかりに、並行世界から持ち込んだ男の身体も消しておいた。

　これはもう戦いですらない。実力差があり過ぎればただ死ねと念じるだけで相手は形を失い、その全てが世界から消失するのだ。

「手応えとしてはトーイチロウのほうがずいぶんとましな感じだったな。もしやあ奴がここで一番強かったのか？」

　だが、どんな存在であろうとＵＥＧの敵ではないので、多少の強さの違いなど誤差のようなものでしかなかった。

「うむぅ……相手が弱かろうが妾が強さを合わせるだけではあるのだが、あまりにも弱いとさすがにやる気がな……ではこうするか。ここにトーイチロウより強い者がいるかを探すとしよう。おらぬならもう大差ないであろうしな」

　予め何もかもを知ってしまえば驚きがなくなってしまう。それを避けたかったのであまり詳細には調べていなかったのだが、トーイチロウより上という基準で探すぐらいなら問題はないだろう。

　ＵＥＧは六角形に区切られたエリア内を走査した。

　何人か強そうな者はいるが、その中でも存在感が一番あるのは南東の境界ギリギリのところにいる何者かだった。

どれほど強いのかを詳細に調べてはいないが、基本的には存在感があればあるほどに強いはずだった。

ＵＥＧは南東に向かうことにしたが、もう焼き菓子を作れる者を捜すことなどすっかり忘れていた。

13話　僕の力は任意の対象を即死させるってものなんだよ

ＵＥＧはスローライフ同盟の本拠地エリアの中をのんびりと歩いていた。

ＵＥＧが寝ていたトーイチロウの家が、エリアのほぼ中心にあったため、目的地である南東の端までは十キロほどになる。

ほとんどのことを一瞬で終わらせることのできるＵＥＧなので、目的地まで転移すればすぐに辿り着けるのだが、それはあまりにも風情がないと思っていた。何でもできる能力を持っていて、実際に何でもやってしまうのはあまりにも無粋だ。過程を楽しむべきなのだとＵＥＧは思っている。

「とはいえ、飽きてきたな。このままぼんやりと歩き続けるのも芸がないというものだが」

畑ばかりの代わり映えのしない光景が続いていた。さすがに何の変化もない道をただ歩き続けるのは時間の無駄でしかない。少し速度を上げるかとＵＥＧが考えていると、牧場らしき広場が見えてきた。

「ふむ。なんぞに騎乗してみるのも面白いかもしれんな」

ＵＥＧは興味本位で牧場に近づいていった。そこには何体かの動物が放し飼いされているようだ。

「馬でもおればと思ったが、一般的な家畜ではなさそうだな」

いたのは巨大な鳥や獅子や蛇や竜であり、どれ一つとしてまともな生き物ではないようだ。

「神獣といったところか。まあ、妾を乗せるに相応しいかと言えば微妙なところではあるが、一時の戯れに乗るのであれば悪くはあるまい」

ＵＥＧは柵を乗り越えて牧場に入り込んだ。途端に怪物たちが殺気だった。どうやら飼い主以外には友好的ではないようだ。

「あなた！　いったいここで何をしてるんですか！」

どれに乗ろうかとＵＥＧが怪物たちを物色していると、牧場内にある小屋から勢いよく少女が走り出てきた。

どこにでもいる村娘といったシンプルな服を着ているが、顔立ちが整っているためか華やかな印象の少女だ。

「少々歩くのにも飽きてきてな。何か獣にでも乗っていこうかと吟味しているところだ」

「は……はぁああ!?　いきなりやってきて！　あなた何を言ってるんですか！」

「ん？　こ奴らは人を乗せたりはせんのか？　まあ妾は気にせんぞ。妾が乗ればどうにでもなるであろう」

「いやいやいや！　あなたが気にするかとか関係ないんですよ！」

少女は、ＵＥＧと怪物たちの間に割って入った。

「この子たちは繊細なんです！　知らない人をほいほい乗せたりしないんです！」

「なるほど。しかしそう言われると俄然乗りたくなってきたな！」

「もう一度訊きます。あなた、何なんですか？」

　怪物たちのむき出しの殺意を向けられてもＵＥＧは意に介していない。それを不審に思ったのか、少女は警戒する様子を見せた。

「妾はＵＥＧ。この世界の生命を絶滅させる者だ」

「あのですね。ここはスローライフ同盟なんです。みんなののんびり暮らしたいんです。あなたみたいな怪しくて粗暴な感じの人はお呼びじゃないんです。さっさと出ていってもらえませんか！」

「ほう？　お主の人生のうちで、そんなことを言われてすごすごと立ち去った者がおったのか？」

「私が優しく言っている間に出ていってください。出ていかないならひどい目にあいます！」

「ふむ。スローライフを標榜しておるためかずいぶんと暢気なものだな。妾もここの全てを詳細に知っておるわけではないが、この本拠地エリアに敵がやってくるなど本来ありえないわけであろうが。つまり妾が敵であることはお主にも一目でわかるはずだ。しかも妾は全ての生命を絶滅させると言っている。お主もそこの化物どもも皆殺しにすると言っているのだが……まあ、乗せてくれるのなら多少は猶予をやってもよいぞ？」

「あ！」

　これこそが平和ボケというものなのかもしれない。おそらく本拠地まで攻め込んでくる敵など、これまでいなかったのだろう。少女は、ＵＥＧがここにいることが異常であると理解できておらず、ようやく今が緊急事態だと認識できたのだ。

「うかぶちゃん！　のびるちゃん！　ほえるちゃん！」

少女が叫ぶと、三体の化物が少女を守るようにやってきた。

巨大な蛇が少女を囲むようにとぐろを巻き、巨大な獅子が唸りを上げ、巨大な鳥が空に舞い上がり全身から炎を散らしている。

「ほう。このあたりにはさほど強い者はおらんと思っておったが、お主は手下どもを強化するような力の持ち主ということか」

「やってください！」

少女の声に応えて巨大な獅子が目にも留まらぬ速度でＵＥＧに飛びかかり、空に浮かんだ鳥は激しい炎を吹き付けてきた。

「先ほどの男よりは強そうではあるが……悪いな。今は寄り道に過ぎぬのだ」

この程度の存在の、この程度の攻撃など喰らったところで痛痒すら感じない。だが、おとなしく喰らうのも面白くないと思ったＵＥＧは、迎撃することにした。

ＵＥＧは目の前にいる化物たちに対抗すべく、生命を創造した。少女は動物などを操るのが得意なようなので、ＵＥＧも似たようなものをぶつけようと思ったのだ。

ＵＥＧの前に現れたのは、獅子の頭と翼を持つ巨大な蛇だった。本来なら相手が三匹ならこちらも三匹用意するところだろうが、それはそれで面倒だと三匹をまとめたものを創り上げたのだ。UEGによって創造された獣が咆哮する。獅子の頭部から放たれた巨大な光線が、目の前の牧場を薙ぎ払った。

飛びかかってきた獅子も、空を舞っていた鳥も、少女を守っていた蛇も、守られていた少女も、圧倒的な力の奔流の前にあえなく消え去り、後には何も残っていなかった。

「乗り物を探しにきたはずがほとんど消し飛ばしてしまったか」

そこはもうただの荒れ果てた荒野でしかなく、牧場であった面影などどこにもなくなっていた。

本来であればもう少しいい勝負になるように調整したところだが、今は別の人物に会いにいく途中だし、あまりここで時間を使っているわけにもいかないと思って細かい調整をしなかったのだ。

「せっかく作ったのだからこれに乗っていくか……もう少し乗り心地を考えればよかったたな」

いくらでも作り直すことは可能だが、UEGは失敗はそのまま受け入れるべきだと思っていた。全てがうまくいくなど何の面白味もないのだ。

「申し訳ありません」

獅子の頭部が唐突に口を開いた。

「ん？　お主喋れるのか？」

「そのようにお作りになられたのでは？」

「あまり深くは考えておらなんだな」

「左様ですか」

「うむ。だが安心するがよい。戯れに作り出しはしたが、一度作った生命を簡単に廃棄するような真似はせぬ。ではとりあえず名でも付けておくか……ウカノビエルでどうだ」

「ありがたき幸せ」

先ほど倒した三体の名を組み合わせてみただけの適当な名だったが、特に不満はないようだ。

ウカノビエルの基本は巨大な蛇で、頭部が獅子。背の頭部に近い場所に鳥のような翼が生えている。

UEGはウカノビエルの頭部と翼の間にまたがった。

「ではあちらへ向かえ。ただし、それなりの速度でな。人が歩くよりは少し速いぐらいでよい」

ウカノビエルが本気を出せば一瞬で目的地に到着するはずで、それならば自力で移動するのと変わりはない。ずいぶんと回りくどいことをしているが、これがUEGの趣味だった。

ウカノビエルが身体をくねらせて進みはじめた。指示どおりほどほどの速さだ。ウカノビエルは農道に出て、道沿いに動いていく。やはり乗り心地は悪いが、短時間であれば気にするほどでもなかった。

「しかし、妾の乗騎にするのであればもう少し見た目に気をつかうべきであったか……」

「お気に召さないということであれば、姿を変えましょうか？」

「お主、そんなこともできるのか!?」

「あの……このようなことをお伺いするのも不遜かとは存じますが……ＵＥＧ様がそのように作られたのでは……」

「もちろん、詳細に設計したうえで創造したのであれば被造物の仕様は細かなところまで把握しておる。だがウカノビエルは先ほどなんとなく作っただけでな。お主に何ができるのかなどはよくわかっておらぬのだ」

「なるほど。合点がいきました」

「まあ、姿はそのままでよい。そろそろ目的地も近づいてきたようだしな」

のどかな農業地帯を進んでいくと、森が見えてきた。ＵＥＧの捉えた強者の気配はその森の中からしていた。

ＵＥＧは気配を隠していないので、相手がそれなりの索敵能力を持っているなら接近には気付いているかもしれないが、そこに潜む何者かの動きは感じられなかった。

「ふむ。これは余裕と考えればいいのか。なかなか面白いではないか」

森の前まで来たところで、ＵＥＧはウカノビエルの背から飛び降りた。

「お主はここまででよい。ここからは一人で行く」

「私はここで待機していればよいでしょうか？」

「そうだな。適当にうろついて目についた者を殺していくがよい。殺す前にはＵＥＧの使者であることとＵＥＧは全生命を絶滅させることを伝えるのだ」

「承知いたしました」

そう言ったウカノビエルは一瞬にして姿を消した。ＵＥＧに与えられた使命を全力で遂行するつもりなのだろう。

ＵＥＧは森の中へと続く道を歩いていった。樹木の密度が高い鬱蒼とした森だ。しばらく歩いていくと道の真ん中に大きな看板が立てられていた。

そこにはこの世界の文字で《配達員以外、立ち入り禁止》と書かれている。当然、ＵＥＧがそんな警告を気にするわけもない。堂々と看板の隣を進んでいった。

進む毎に音が消えていった。森の中にいるはずの雑多な生き物たちの発する音がしなくなっていくのだ。

いつの間にか、周りは死の森になっていた。木々は枯れ果て、動く者は何一つとして存在していない。

不審に思ったＵＥＧは周囲をより精密に観察した。

周りには大型の獣はもちろんのこと、小さな虫や微生物、細菌にいたるまで存在していなかった。今ここで生きていると言えるのはＵＥＧだけなのだ。

そしてＵＥＧは新たな看板を目の当たりにした。そこには《配達員は荷物をここに置くこと。ここから先は何人《なんぴと》たりとも立ち入り禁止》と書かれている。

看板の前には石製テーブルが置かれているので、荷物とやらはここに置くのだろう。

「ここの様子からすると、食料を現地調達するのは難しかろうな」

食料を運ばせているのだろうとUEGは推測した。もっとも、神に近い存在であれば食事などは必要ではないだろうし、的外れな想像かもしれないが。

もちろん、UEGはこの看板の警告も無視して先に進んだ。

しばらく行くと木造の屋敷が見えてきた。強者の気配はその中からしている。一人暮らしのようだが、それにしては大きな建物だった。

「さて。どうしたものか。建物ごといきなり吹き飛ばして様子を見るのも面白いが……まずは顔でも見てみるか」

いきなりの攻撃で死なれては事前に罪を思い知らせることができなくなる。

UEGは屋敷のドアを開けた。入ってすぐはエントランスになっている。正面にある階段をUEGは上った。二階の廊下を歩いていき、最奥にあるドアを開けて中に入る。

そこは寝室らしく、パジャマを着た少年がベッドに寝ていた。この少年が目的の人物のはずだ。

少年は熟睡しているようで、UEGにはまったく気付いていなかった。

「妾の気配に動じることなく寝続けるとはな。傲岸不遜とはこのことか」

UEGは少年に近づき、身体を揺らした。

「おい！　起きるがよい！」

「……何……。はぁ……誰なんだよ……誰も来ないでって書いてる看板見なかったの？」

少年は明らかに不機嫌な様子で身体を起こした。

「お主が何を書いておろうが妾の知ったことではないわ」

「……あれはやってくる人が危ない目にあわないようにって思って、親切で書いてるんだよ。あんまり偉そうにして、僕をむかつかせないでくれないかな？」

眼は覚めたようだが、それでも寝ぼけたような顔をした少年だった。むかついたと言っているが、そのセリフもぼんやりとしたものであまり覇気が感じられない。

「妾はＵＥＧ。この世界の生命を絶滅させるものだ。よってお主も死ぬことになる」

「君、話聞かないタイプなの？」

「妾が話を聞くかどうかは気分次第だ。まあ、わざわざこんなところまで来てやったのだ。少しぐらいは話をしてやってもよいぞ」

「面倒くさいからさっさと帰ってもらいたいんだけど、僕が何者か知ってて来たの？」

「何者かは知らんがスローライフ同盟とやらで一番強そうなのがお主だったので、妾が直々に殺すことにしたのだ。残りは適当に処理してやろうと思っておる」

「あのさぁ。僕は人を殺したりしたくないから、ここで一人でのんびりと穏やかに暮らしてるんだよ。ほっといてくれないかな？」

「ほう？　戦う気はないと？」

「ないよ。だから僕がむかついて君を殺したくなる前に帰ってよ」

「お主のやる気は関係ない。だが、間抜けな顔でベッドの上にいるお主を殺したところで何も面白くはないの。とりあえず表には出てもらおうか」

ＵＥＧは家の屋根を消し飛ばし、自分と少年を外へと移動させた。少年を真っ直ぐに立たせ、ＵＥＧから十メートルほどの距離をあけて配置する。攻撃のつもりはないので、この際には一切の危害を加えていなかった。ただ場所を変えただけなのだ。

少年は何をされたのかわからなかったのか、突然の出来事にぽかんと口を開けていた。

「これは……むかつくとかよりも単純にびっくりしたな」

「何か準備がいるということなら待ってやるが、戦いたくないとか鬱陶しいことを言うのであれば即座に戦いを開始する」

「わかったけど、一応説明していい？」

「言ってみるがよい」

「僕の力は任意の対象を即死させるってものなんだよ。相手を殺したいって思った瞬間に発動して相手を殺せるって力なんだ。だからそもそも戦いになんてならないんだけど、それでもやるの？ただの自殺行為だと思うんだけど」

実に面倒くさそうに少年は言った。

14話　先ほどの状況そのものを殺してなかったことにした

「ほう？　ではなぜ妾にその力を使わぬ？　お主の安眠を妨害したのだ。殺したくなりはせぬのか？　妾ならぶち殺しておるところだが」

「だから、殺すとかどうとかよりびっくりしてたんだよ。でも、だんだんとむかついてきてる。僕はできるだけ人を殺したくなくて、こんなところに引きこもってるんだ。僕が我慢できなくなる前にどこかに行ってくれよ」

「それはそれは。ずいぶんと不安定な力よのう。この周囲の様子からすると手当たり次第に殺しておるようだが」

「それは自覚してるんだ。仲良くしてる相手だとしても、ちょっとした感情の昂ぶりで殺してしまうことがある。もうそんなのはうんざりなんだよ」

外を歩き回る獣の足音が、鳥の鳴き声が五月蝿《うるさ》い。羽虫の音が鬱陶しい。カビや細菌は不衛生で気持ち悪い。

少年のそんな気持ちから力が発動するのだろう。少しでもそう思ってしまえば対象となる生物は死ぬようだ。

「しかし、妾は戦えと言っているのだ。殺せるというのなら殺してみるがよいわ」

「だから殺したくないって言ってるだろ」

「ではこちらからちょっかいを出してやろう」

ＵＥＧは掌を天へと掲げ、その上空に光の球を生み出した。人間程度なら軽く蒸発させるほどの熱量を秘めたエネルギーの凝縮体であり、ゆっくりと大きくなっていく。

もちろん、ＵＥＧはあえて時間をかけてこの準備工程を見せつけていた。ただ攻撃するだけなら準備などまったく必要ないし、なんなら少年が言うように思っただけで敵を即死させることすらできる。

つまり、ＵＥＧはわかりやすく挑発しているのだ。

「喰らうがいい」

光の球が直径二十メートルに達した時、ＵＥＧが腕を振り下ろした。その動きに連動して、光の球が動きだす。

常人に視認できる程度の、ゆったりとした動きだった。まっすぐに少年に向かい、その背後にある屋敷をも巻き込む軌道だ。

「さて。妾が死ぬ前に攻撃が発動してしまったぞ。これをどうする？」

「どうするって、殺せばいいだけだよ」

光の球は唐突に消え失せた。

「殺せるのは任意の対象なんだ。何だかよくわからない危なそうな光の球だって殺せばいいだけだよ」

「ではこれはどうだ？」

少年の背後の地面が隆起した。盛り上がった土塊《つちくれ》は鋭い槍と化し少年に背後から襲いかかる。この攻撃は視認できていないのだから、殺す対象には選べないはずだ。

だが、土の槍は少年に届くことなく崩れ去った。

「何したって無駄だよ。僕は僕に対しての危害を殺し続けてる。だから、不意打ちとかでも、目に見えない毒だとしても僕には通用しないんだ。僕が認識してるかは関係なくて、僕に対しての危害を殺してるんだから」

「危害を殺すとな。ずいぶんと曖昧で都合のいい話よの。お主が認識しておらぬのなら、何が危険を判定しているのかが気になるが」

「さあ？　そこまで考えたことはなかったな。でもこれでわかったでしょ。僕を殺すことなんてできない。諦めて帰ってよ」

「なるほどの。お主の自信のほどはわかった。では、妾が手ずからお主を縊《くび》り殺してくれる。こうすれば妾を攻撃せざるを得ぬだろう？」

「何なんだよ、ほんとに……いい加減にしてくれないかな」

「そのいらだちを妾にぶつければよかろうが？　けっきょくは己を律しきることができぬからこそ、こんなところで引きこもっておるのだ。さっさとその傲慢でエゴに満ちた力を妾に振るうがよい」

ＵＥＧは少年の前まで歩いていった。特に何事も起こらなかったので、両手を伸ばし少年の首に手をかける。

ここまでやっても何もしてこないので、ＵＥＧは少年の首を絞める手に力を入れた。

「最後の警告だよ。すぐにその手を放して。これ以上やれば死ぬことになるよ」

「さっさとやればよい。戦いはもう始まっているのだ」

ＵＥＧはゆっくりと力を強めていく。最初こそは余裕の表情を浮かべていた少年だが、次第にとまどいを見せるようになってきた。

ＵＥＧの指が少年の首に少しずつめり込んでいく。少年の顔色が明らかに悪くなってきていた。

「どうした？　ここまでされて何もせんのは平和主義とも違うと思うが？　それとも何か？　もう使っているのか？　任意の対象を即死させる力とやらは」

「そ……そんな……何で……」

一息に殺すつもりがないＵＥＧはかなりの手加減をしていた。手を緩めるつもりはまったくないのだが、非常にゆっくりと、見ていても変化がわからないほどのペースで力を加えていた。

「驚くのはよいとしてここは喜ぶべき場面ではないのか？　意図せずに殺してしまうのが嫌でこんなところにおったのに、何をしようが殺せぬ相手が現れたのだぞ？」

「何で……死なない……!?」

「うむ。実のところ、何らかの力が妾に干渉してきているのはわかっておる。それがお主の言うところの即死させる力なのだろうが……そもそも死とは何なのだ？　何がどうなれば死んだということなのか、お主は果たしてわかっておるのか？」

少年から答は返ってこなかった。おそらくは、こんな能力を持ちながらもそれほど深く考えたことはなかったのだ。

「妾が考えるに、死などというのは生命を構成している物質の状態が変化していくうちの一部分をそう捉えておるに過ぎんのだ。生命などというのは微少なマテリアルが集合して、その組み合わせによりたまたま意識を持って動いているかのように見える状態でしかない。その組み合わせによっては動いたり、動かなんだりするだけのこと」

「だから……何で……」

「故に、動かない状態にするのがお主の力だとすれば対応は簡単だ。動かない状態に遷移したのなら、再び動く状態にすればいいだけのことだな」

UEGにすれば、常に自分が生きている状態に保ち続ければいいだけのことだった。

もっとも、今の身体は適当に作りあげた仮初めのものでしかないので、たとえ死んだとしてもどうでもよいことではあったが。

「さて。もう手詰まりということであれば楽にしてやってもよいが？　まだ喋るぐらいはできよう」

UEGが喋り終わるかどうかというところで、唐突に少年の姿が消えた。

UEGは少年の首を絞めていたというのに、手はだらりと身体の横にたらした状態になっている。

壊したはずの屋敷が元通りになっているのを見て、UEGは状況をなんとなく把握した。

「先ほどの状況そのものを殺してなかったことにした、というところかの。とすればあ奴はまだ屋敷の中にいるということか」

時間が戻ったと解釈するなら、UEGが屋敷に入る前の時点に戻っていることになる。安全を期すならもっと時間を戻せばいいように思えるが、少年の力も無制限のものではないのだろう。時空を殺すことによる時間遡行にも限度はありそうだ。

「ふむ。底は見えた。これ以上付き合う必要もなさそうだな」

UEGは手を伸ばし、前方の空間を掴むようにした。

少年が手の中に現れた。背後の屋敷の屋根も吹き飛んだ状態になっているので、先ほどの状況が寸分違《たが》わず再現されたことになる。

「……何で!?」

「知れたこと。お主が先ほどの状況を殺したのなら、妾がそれを蘇生したというところだな。シーンをカットしたところでバッファに残っておるメモリをそのままペーストすればよいだけのことであろう。もっと簡単に言うならリドゥ、直前の作業の取り消しというやつだ」

「……そんな……そんなことが……」

「妾は神だからな。この程度のことは造作もない」

ＵＥＧは真の意味での全知全能ではないし、そんな者は存在し得ないと思っているが、かなりのことを思いのままに行うことができる。

生命を創造することもできれば、時間を戻すことも、運命を改変することもできるのだ。

もっとも、普段はその力を全て使うようなつまらないことはしていない。相手に合わせてほどほどの勝負になるようにしているのだ。

「同じことはさせぬが他にできることがあるなら試してみるがよい。妾はこのまま力を入れるのみよ」

そう言いながらＵＥＧは力を入れるペースを速めた。興味が薄れてきていて、これ以上は時間の無駄だと思いはじめているのだ。

「ほう？　アプローチを変えてきおったか。妾という存在、概念そのものを殺そうというのだな。確かに、この仮初めの身体を殺せたところでたいした意味はないのでその方針変更は正しい。だが、お主がそれをなしえることはないぞ？　概念を殺すなどの搦め手が通用するのは、一方的にそれができる場合のみよ。お互いがそれをできるのならけっきょくは力が強いほうが勝つだけに過ぎん」

鈍い音がして、少年の首が折れた。ＵＥＧは動かなくなったそれを適当に放り出した。

「死んだか。自分の死を殺す、などやってくるかと思ったが、案外根性がなかったな」

そこまではできなかったのか、あるいは思いつかなかったのか。もうひと踏ん張りしてくるならさらなる絶望を与えようと考えていたＵＥＧにとっては、拍子抜けもいいところだった。

「ここで一番強い者がこ奴なら、他はどうでもよいな。残りはエウフェミア方式でやればよいか」

最近部下になったエウフェミアは、都市全域に対して一斉に告知を行ってから殲滅したという。

少々飽きてきたＵＥＧは、残りはまとめて処理しようと考えはじめていた。

15話　パワーアップしたというのに覚醒披露回もなく終わってしまうのでござるよ

スードリア学園の寮を出てすぐの所に、賢者のヴァンと、学園で一年生ということにされてしまった花川がいた。

食堂がいきなり破壊されたので、何事なのかと外に出てきたのだ。

「いやぁ、これはすごいことになったねぇ」

ヴァンは暢気な様子で上空を眺めていた。

「いやいやいやいや。軽く言ってられる事態ではないでござるが!?　大惨事もいいところでござるよ！」

もしかすれば通りすがりの巨大イカで、多少の被害は残しつつもどこかへ行ってしまうのかもしれない。花川はそう思おうとしたのだが、やはり無理だった。

降下してきた巨大イカは学園都市を蹂躙しはじめたのだ。

ビルに取り付き、周りに触手を叩き付ける。

建物の間を触手を駆使してゆっくりと動いていく。

堂々と威容を誇るように移動しているかと思いきや、突然攻撃に転じてあたりを手当たり次第に攻撃する。

触手でビルをへし折り、叩き潰し、持ち上げて振り回し、投げつける。

十本の触手が絡まりもせずに自在に動き、街を破壊していくのは圧巻と言える光景だ。

「なんだか思ってたのとは違う事態になってるようでござるが。ここにはとんでもない力を持った生徒たちが山のようにいるということだったのでは？」

花川は、学園都市の誇る優秀な生徒たちがあっさり迎撃するものかと思っていたのだ。しかし、学園はされるがままだった。抵抗らしい抵抗を見せていないのだ。

「対応しようとしているようだけどね」

「どこがでござる？」

「んー……あっちのほうとか？」

ヴァンが離れた位置にあるビルを指さした。屋上にはたくさんの生徒が並んでいて、各々が特に指揮もなくばらばらに攻撃を放っていた。光弾や炎や雷や岩がイカめがけて飛んでいくのだ。

だが、それらの攻撃がイカに届くことはなかった。

イカに届く遥か手前で、それらは霧散しているのだ。

「どうやらバトルソングに由来する能力が無効化されてるようだね。そうなるとほとんどの者が役立たずだ」

「ああいう能力無効化能力について前から思うことがあるのですが、能力が無効化されるとしてですよ？　能力で飛ばされた岩とかはそのまま飛んでくるので無効化されないのではと思うのでござるが……無効化されていますな」

生徒たちは建物の残骸なども飛ばしているが、それらはイカから一定の距離で突然落下していた。

「うん。無効化って能力で与えられた加速度なんかも無効にするからね」

「ということはですよ？　ムキムキになる能力なんてのがあるとして、ムキムキになった筋力で投げつけたとしたらどうなるんでござる？」

「それもなぜか無効化されるんだよ」

「な、納得しがたいでござるな……理屈がわからんでござる」

「とにかくなんでも無効だって思えばいいよ」

「しかし、あれは侵略者《アグレッサー》でござるかね？　だとすればヴァン殿の出番なのでは？」

賢者の本分は侵略者《アグレッサー》を倒すことだ。この世界において様々な形で社会に関わっている賢者だが、大抵のことは趣味や余技としてやっているだけなのだ。

「あれはこの世界にもともとあった遺物なんだよ。外の世界からやってきたわけじゃないから僕らが迎撃する対象じゃない」

「では、どうするので？」

「そりゃあ逃げるよ。申し訳ないけど、花川に協力するのはここまでかな。生きてられたらまたどこかで」

「え？　いや、ヴァン殿はお強くて、この学園に席を置いていて、トラブルはまずいようなことをおっしゃってたでござるよね？　侵略者《アグレッサー》じゃなくてもとりあえず倒せばいいのでは？」

「う～ん。僕の力はバトルソング由来なんだよね。だからああいった敵はとても苦手なんだよ。あれの無効化フィールドとでもいうのかな。かなりの広範囲、直径一キロほどはある。あれに巻き込まれると逃げるのが難しくなるんだよ」

「いや、あの、拙者はどうすれば？」

「どうにか頑張って生き抜いてよ」

その言葉を最後に、ヴァンの姿は一瞬にして消え去った。

「ちょっとぉ!?　助けようとしたなら最後まで責任持ってほしいのでござるが！」

しかし誰もいないところで文句を言ったところでどうしようもない。これからどうするかを考える必要があるし、この状況からするとあまり時間の余裕はなさそうだった。

「そ、そうでござるな。とりあえず逃げないとでござるよ！」

あのイカが何を目的として暴れているのかはさっぱりわからないが、まずは距離を取るべきだろう。

能力無効化フィールドに巻き込まれれば、花川は凡人以下の存在になってしまう。そうなればスキルを活用することはできず、より慎重に動く必要が出てくるのだ。

「うーむ。このまま単純に距離を取ればいいのでござろうか。まあ屋内に入るよりは屋外を走ったほうがまだましそうですが……」

そう言いながらも、花川は食堂へと戻った。そこには先ほどやってきた二年生のイングリットがいるはずだからだ。状況をよくわかってないとすれば一緒に逃げたほうがいいかもしれない。

そう思ったのだが、食堂の中には誰もいなかった。

「ですよねぇ！　拙者とかほっといてとっとと逃げるに決まってるでござるよね！」

釈然としないものを感じつつも、花川は巨大イカから逃げることにした。

まずは大通りへ。少しばかり巨大イカに近づくことになってしまうが、花川はこの街には不慣れだ。細い路地に入ってしまえばすぐに迷ってしまうことだろう。

大通りに出ると、大勢の生徒たちが走っていた。逃げているのかと思いきや、向かう先は巨大イカだった。

大通りの先を見れば、地上に下りた巨大イカが暴れているのが見えた。ほとんどの生徒は逃げずに、巨大イカと戦うことを選んだらしい。

たいしたものではあるが、花川はそれを蛮勇だと考えた。ここの生徒たちは皆様々な能力を持っていて自信にあふれているのだろう。だからこんな場面でこそ自分を主人公かのように思い、立ち向かえばなんとかなると思っているのだ。

「ふっ！　拙者は逃げるでござるよ！」

花川は巨大イカに背を向けて走りだした。

「おお！　レベル５００のせいか、モンクになったせいか、確実に足が速くなっているでござるよ！」

一歩踏み出すだけで、凄まじい速度で身体が前へと進む。これならば逃げ切れると安心した花川だったが、その余裕はすぐに失われた。

急に力が入らなくなり、足がもつれて転んでしまったのだ。

「な、何が起こったのでござる！」

花川は咄嗟にステータスを確認しようとした。何らかの状態異常になったと思ったのだ。

ステータスウィンドウは灰色になっていて、でかでかと《invalid》と表示されていた。

「invalid！　無効とかってことでござるよね!?　これがあのイカの無効フィールドの力ということでござるか！」

倒れたまま後ろを見ると、イカは花川へと近づいてきていた。当然のように生徒たちは何の役にも立っていなかった。

特殊な力を当然のものと思い頼り切っていた生徒たちは、為す術もなく触手に掴まれてイカの下部にある口へと放り込まれているのだ。

「そういう系!?　人とか食べるやつでござるか！」

花川は立ち上がって走りだした。だが、明らかに力不足だった。バトルソングによるステータスシステムが無効化されたなら、花川はただの肥満体の少年に過ぎない。

すぐに息があがるし、ふくらはぎがつりそうになるし、脇腹が痛くなってくるのだ。

だが、苦しいからといって立ち止まるわけにはいかなかった。それは即座に死を意味するのだ。

苦しかろうが痛かろうが、少しでも前に進むしかなかった。

「ひいっ……ひぃ……も、もうだめでござる……パワーアップしたというのに覚醒披露回もなく終わってしまうのでござるよ……」

イカは周囲の建物を破壊しながら大通りを進んでいた。すぐにでも追いつかれそうなものだったが、花川にとって幸いだったのは無謀な生徒たちがイカに立ち向かっていたことだ。

イカはまず近くにある餌を食べているのだ。移動にも触手を使っているので獲物を捕らえるのに使えるのは五本程度だろうし、一度に捕らえられるのもそれが上限だ。

つまり、花川がターゲットになるまでにまだ多少の余裕がある。

「で、ですが逃げてどこへ向かえと？　拙者、学園都市案内イベントを経ておらんのですが！　街に何があるのかとかさっぱりなのでござるが！」

とりあえずは距離をとって無効化フィールドから出るしかない。そしてイカから身を隠すのだ。

しかし、花川の体力はとっくに限界を迎えていた。走っているつもりではあるのだが、ほとんど歩いているようなものなのだ。

生徒たちもようやく自分たちではどうしようもないと認識したのか慌てて逃げはじめていて、

次々と花川の横を通り過ぎていった。

「これは……やばいのでは……拙者が一番……イカに近いということに……」

ここで振り向いたところで時間の無駄でしかないが、それでも花川は振り向いた。状況はさっぱりわからないが、イングリットが倒れていた。

「何ででござるか！」

だが、自信満々で一年生の花川を特訓していたイングリットが、謎の敵が現れたからといって逃げるわけがなかったのだ。食堂からいなくなっていたのは、戦うために移動しただけなのだろう。

「これは……別に拙者が助けにいったりする必要はないでござるよね？　拙者が行ったところで何の役にも立たないでござるし……」

だが、能力が使えないのなら、ここにいるのはただの少年と少女ということになる。一般的に考えれば男の花川のほうが力が強いはずだ。

「あぁ！　けれども！　助けにいっとけばワンチャンモテるかもしれないという希望を捨てきれないのでござる！　こーゆーとこで助けとけばなんだかんだ好かれはしないまでも、滅茶苦茶嫌われることもないって状況になるのでは!?　大丈夫でござるか！」

花川はイングリットによろよろと近づいた。

「花川一年生……これは無様なところを見られたな」

「とりあえず立つでござる。あいつは能力を無効化するとかなんとかなので、拙者らではとても太刀打ちできんのでござるよ」

「そのようだな。まったくもって油断した。不甲斐ないばかりだ」

花川はイングリットに手を差し伸べた。イングリットは素直に花川の手を掴み、助け起こされた。

「とにかく逃げるしかないかと思うのでござるが、イングリットたんはグッドな避難先をご存じでござるか？」

「……真っ直ぐに逃げたところでいずれは捕まりそうだな。それぐらいならいっそ地下に行ってみるのもいいかもしれない」

イングリットが前方を指さす。そこにはマンホールがあった。蓋は外して横においてあるので、すでに誰かがそこを通ったのだろう。

「なるほど。触手は通りそうにないですので、見逃すかもしれませんな」

もちろん触手を叩き付けるなどされれば一巻の終わりだが、イカはわざわざそんなことをせずに地上にいる餌を求めて移動するかもしれない。そこは賭けになるが、それなりに勝ち目があるように花川には思えた。

「では行くでござる。歩けるでござるか？」

「足をくじいてしまったがなんとかかな」

「拙者の肩を貸すでござるよ。その、こんな小汚い豚になど触るのも嫌だということでなければでござるけどね」

「う、うむ。そんなことはないが、あまり自分を卑下するものではないぞ」

イングリットが花川によりかかる。

普段なら感触がとか、匂いがとか気持ち悪いことを思わず口にしてしまうところだったが、さすがにこの危機的状況でそんなことを言っている余裕は花川にもなかった。

花川はイングリットを支えながら、マンホールを目指した。背後からは建物の破壊音と、悲痛な叫び声が聞こえてくる。十メートルほどの距離が果てしないように思えた。

「もうちょっとでござる。こんなものあと数秒で辿り着くというものでござるよ」

「花川一年生！」

イングリットが叫ぶ。花川は振り向いた。イカが、もうそこまでやってきていた。手近な獲物は全て平らげてしまっていて、ここにいる獲物は花川とイングリットだけという状況になっていた。

当然、イカは触手を伸ばしてきた。

花川は力を振り絞って、イングリットを放り出した。イングリットは前につんのめり、マンホールへと落ちていく。危険な状況かもしれないが、イカに食べられるよりはましだろう。

花川の身体にそっと触手が巻き付いた。ただ、これは優しいわけではなく、口に入れるまでは原形を留めておきたいというだけのことのようだ。

「あぁ！　何で拙者かっこつけてるんでござるかね！　スキルも使えませんし、本当にここで最後になってしまうのでござるが！」

そして、触手は花川をイカの口へと放り込んだ。

16話　殺すつもりはなかったんだ。それはともかくお宝を寄越せ

ヴァンが遺物と呼んだイカは簡単に言ってしまえば生体兵器のようなものだった。中に人が乗り込んで操縦するという代物だ。

花川は夜霧に説明されていなかったので知らないのだが、この巨大イカは夜霧たちが豪華客船に乗って東の島国に向かっている最中に襲ってきた怪物と同じ物だった。

そのころから持ち主は変わっておらず、船を襲った海賊たちが中に乗り込んでいる。

「かしら！　これ、いったいどうするんですか！」

いかにも下っ端という感じの男が、操縦席に座る女に呼びかけた。

「そう言われてもな。勝手に暴れだしたらどうしようもない」

他人事《ひとごと》のように言うのは男装の女、海賊団の団長であるデグルだった。

円形の舵を回そうが、足下のペダルを踏み込もうが、現在のイカは操作をまったく受け付けていない。

もともとが動作原理も不明なよくわからない古代遺物なので、こんな場合に緊急停止させる方法

も、操作権限を取り戻す方法もよくわかっていなかった。

こうなってしまえば焦っても仕方がないとデグルは思っているのだ。

「餌はやってたのか、これ？」

「やっていたはずですが……空を飛ぶのは初めてですし、エネルギーの消費が思った以上に激しかったのかもしれません」

イカは触手で建物を破壊し、中にいる人間を掴んで口に運んでいる。

普段は海中に待機させていたので、魚介類を食べさせていた。自分から餌を求めて動くことはなかったので安心していたのだが、飢餓状態に陥れば勝手に餌を求めて動く機能があるらしい。

「腹が満ちれば止まるだろ。それまでは黙って見とくしかねぇな」

「まぁ……空の上にあるよくわかんない国ですし……」

これが自分と多少でも関わり合いのある国や組織や民族が相手なら多少は慌てるところだが、相手は空の上にいる謎の存在なのでデグルはたいして罪悪感を覚えていなかった。

それにデグルたちは海賊で、普段から何の罪もない人々を襲い、強奪を繰り返している。

乗り物が暴走して人々を勝手に襲おうが、これから奪う予定の物品が壊れていたらもったいないと思うぐらいのことだった。

「いずれ襲うにしろ、もうちょっと下調べと準備期間が欲しかったな。完全に敵対行為だし、これで今後油断なんてしねぇだろ」

「ですよね……こいつら、下から人がやってくるとか思ってなかったはずですし、もっと効果的な襲撃方法があったはずなんですよ」

デグルたちは以前からイカの形状をした古代遺物を使って海賊行為を繰り返していた。そんな中、古代遺物に追加する羽のようなパーツを発見したのだ。

このパーツをイカに取り付けたところ、イカに飛行能力が備わるようになった。そこで試しに空へと飛んでみると、そこには別世界が存在していたのだ。

空に島が浮かんでいることは誰でも知っていることなのだが、そこに街や村があり、人が住んでいることは知られていなかった。

新たな獲物を発見したとデグルたちは喜んでいたのだが、そこで突然イカが暴走をはじめたのだ。今回は試験飛行だったし、イカには最低限の人員しか搭乗していない。この状況で襲撃するつもりなどまったくなかったのだ。

「ま、幸い俺の力が通用してるから、たいした問題じゃないな。というか、このまま殲滅できるんじゃないか？」

敵の攻撃を無効化しているのはイカの機能ではなくデグルの能力によるものだった。デグルは自分を中心とした一定範囲内の特殊能力を無効化できるのだ。

無効化できるのはこの世界でスキルと呼ばれる力だけなので、大砲などで攻撃されたならデグルにはどうしようもないのだが、どうやらこの街の迎撃戦力はスキルに依存しているらしい。

「そういう方針でしたっけ？」

「場合によるな。素直にお宝を渡すなら命まで奪いはしない……っていつもはやってるが、これ、今さらうっかり襲撃しちまった。殺すつもりはなかったんだ。それはともかくお宝を寄越せ。って言って、相手が素直に応じると思うか？」

「まぁ……戦争ですよね。こうなると」

「だろ？　戦うつもりはなかったが、今さらなかったことにはできねぇよ。事はもう始まっちまったんだ。こうなりゃ、いくとこまでいくしかないな」

やはり飛行にはエネルギーを使うのか、今のイカは触手でビルにしがみついていた。触手を駆使してビルの間を動き、ビルを壊して中の人間を食べているのだ。

よほど腹が減っているのか、イカは積極的に人間を口に入れている。まだまだ止まるとは思えなかった。

「これ。アジトに帰るにはやっぱり空を飛ぶ必要があるわけだよな」

「ですね」

「アジトでも同じことになるんじゃねぇか？」

「……ここで余計に食べさせとけばいいんじゃないですかね……」

「こいつ食いだめとかできるのか？」

「テスト飛行前のエネルギー残量はメーターの五分の二程度でしたね。今は五分の一ってところでしょう」

「やっぱり餌食わしてなかったんじゃねぇか」

「そりゃ襲撃時にはたっぷり食わせてますよ。そもそも今回は空を飛べるかを確認してみるだけの予定だったんですから」

「ま、もののついでだ。満タンまで食わせてやろうじゃないか」

イカの巨体からすれば、人間サイズでは食べでがないだろう。イカが満腹になるころにはこの街は壊滅状態に陥っているかもしれないが、それはデグルの知ったことではなかった。

ビルの間を渡っていたイカは、ビルが途切れたところで大通りへと下りた。そこには、同じ制服を着た若者たちが集まり、ざわついていた。イカを迎撃しようと思ったようだが、能力を使えないことに気付いたのだろう。

「入れ食いだな」

イカが触手を伸ばし、周囲の人間を手当たり次第に掴んで口に放り込んでいった。スキルを使えず、武器も持たず、覚悟もない人間など、イカの敵ではなかった。

イカは、人間を食べながら大通りを進んでいくが、その道行きを阻む者は存在しなかった。制服を着ていない人間も抵抗の素振りを見せることはなく、ただ逃げ惑うだけだ。

「しかし、これじゃあつまんねぇな。そろそろ操縦できるようにならねぇのかよ」

「そうですね。エネルギー残量は半分ほどまで回復してますから、もう緊急性はないと思うんですが。こいつも楽しくなってきたんですかね」

「それ、乗り物として、兵器としてどうなんだよ。不安定過ぎんだろ。今後の運用を考えなおしたくなってくるな」

「確かに繊細な作戦には向いてませんね。これまでは何も考えてませんでしたけど」

「こんなことになるなんて誰が思うかよ――っと、操縦できるようになったな」

デグルは毒を喰らわば皿までという気分になっていた。このまま人間を食わせてエネルギーにしてしまおうと考えたのだ。

デグルは触手を操作して、前方にいる少女を狙った。うまく捕まえられると思ったのだが、隣にいた太った少年が少女を道路に開いていた穴に落としてしまう。仕方がないのでデグルは少年を捕らえて、イカの口に運んだ。

「これ、このままじゃ駄目なのか」

「そうですね。補給ボタンを押さないとエネルギーに変換しません」

操縦権が戻った状態だと、勝手に食べないようだ。

デグルは補給ボタンに手を伸ばそうとしたが、ボタンに手が届く前に突然操縦席から放り出されて壁に激突した。

デグルは前後不覚に陥った。意識が一瞬途絶えるほどの強烈な衝撃は、これまでに受けたことがないほどのものだった。

「うぅ……かしら！」

同じく吹き飛ばされた手下が身を起こした。

イカは横倒しになっていた。

操縦室はイカの向きや動きに関わらず水平を保つようになっているのだが、そんな仕組みがあっても吸収しきれないほどの攻撃を喰らって、内部が揺さぶられたのだ。

「何だ？　何が起こった？」

デグルはよろよろと立ち上がり操縦席に戻った。イカを起こし、周囲を確認する。

イカのそばに黒い人影が立っていた。イカと同じほどの大きさの、角と翼を備えた黒い巨人だ。

全身は黒い鋼で覆われていて、腕は六本あり、赤い眼を爛々と輝かせている。それは今にも飛びかからんとする構えを取ってイカを睨み付けていた。

「そりゃそうか。馬鹿みてぇにでけぇ奴がただ殴ってきたとかなら、俺の能力で無力化できねぇよな」

「かしら！　どうするんですか！」

「無効化できねぇとなると分がわりぃか」

そう判断したデグルの行動は迅速だった。

即座にイカを後退させると、羽を回転させて空へと浮かび上がったのだ。巨人にも翼があるので追ってくるかとも思ったが、巨人はその場から動く様子はなかった。

イカは街を覆う障壁を越えて上空へと飛んだ。

空に浮かぶ島々には、それぞれに同じような大きさの障壁が構築されている。

それらの障壁はデグルの力で無効化して通り抜けることができるのだが、そういった特殊な手段がなければ通過することはできないようになっているはずだ。

つまり、追っ手は来ないと考えていい。

「いやぁ、ちょっとやばかったな。悪魔ってあーゆー奴なのかね」

「かしら。逃げられたのはいいとして、このまま飛び続けるのはまずいですよ」

エネルギー残量が目に見える速度で減っていっている。確かに空中に待機し続けるわけにはいかないようだった。

「そうだな。別の島に着地してみるか」

「まだ帰らないんですか!?」

「また来るにしてももうちょっと調査は必要だろ。何にもわかってねぇんだから。そうだな。でかい街がないとこなら大丈夫なんじゃないか。ここでのことを知らなそうな奴を二、三人攫《さら》って話を聞くとかな」

「大丈夫なんですかねぇ」

デグルは実に疑わしげな顔になっている手下を無視して、イカを適当な島へと向かわせた。

＊＊＊＊

スードリアは強さに飽きていて、自らを倒し得る者を養成しようと思いスードリア学園を創立した。

そして強者が生まれるのを待とうと思ったが、その道のりは果てしなく長かった。成果がまったくないわけではなかったが、その育成の進捗は遅々としたものだったのだ。

そこでスードリアは転生を行うことにした。代わり映えのしない時期を飛ばし、未来の世界で生まれ変わろうと思ったのだ。

生まれ変わるとなれば、一時的に死ぬことになる。不死であるスードリアが死ぬことはないのだが、自らを対象とした転生の儀式を行うことは可能だった。本人からすればしばらくの間眠っているようなものだ。

計画通り、スードリアは数千年の時を飛び越え、スードリア学園の教師夫婦の子供として転生することに成功した。

学園の存続を懸念していたスードリアだったが、問題なく発展していて安堵した。研究と技術革新を経て、生徒たちはかなりの力を身につけていたのだ。

しかし問題は、まったく別のところにあった。

どういうわけか学園はおかしな大陸に移動していて、そのうえなぜか別の組織との戦いを強いられており、そこから出ることができなくなっていたのだ。

なぜこんなことになったのかは現在にまで伝わっていなかった。いつのころからか、こうなってしまい、生徒たちは世界とはこういうものだと認識してここで暮らしているのだ。

スードリアは、これはこれで面白いかと考えた。強くなり過ぎて人生に飽きていたからこそ学園を作ったり転生したりしたのだ。

想像外の事態は十分に刺激的だし、しばらくは一学生として人生を送ってみるのも悪くない。スードリアの力は転生しても一切衰えていないどころか時間を経て増してすらいる状態だったが、力を抑えてただの子供として過ごすことにした。

初等部、中等部、と成長するごとに周りに合わせて力を解放していき、スードリア学園の本丸たる高等部に入学。

まずは一年生としてそつなく過ごし、実戦に出られるようになれば徐々に本気を出していこうと思っていた。

彼女は学園に愛着を持つようになってきていて、生徒と本気で戦う気がなくなっていたのだ。本来は自分を倒せる存在を作り上げるための養成機関だったはずなので本末転倒もいいところなのだが、幸いにも強敵は他の組織にもいるらしい。

聞けば、この学園では三年生に相当するＬユニットというのは常識外の力を持つとのことだった。

それほど期待しているわけでもなかったが、力を振るうに値する存在であれば喜ばしい。

そんなことを考えていたある日、唐突に外部から何かがやってきた。

巨大なイカだ。

それは学園を破壊し、生徒たちを襲いはじめた。その時食堂にいたスードリアも瞬く間に巻き込まれることになったのだ。

「これぐらいなら、誰かがどうにかするでしょ」

外に出て、イカの様子を見たスードリアはそう思ったのだが、想定に反して生徒たちには為す術がないようだった。

魔法やスキルといった能力がことごとく無効化されていて、イカに対して有効な対策をとることができていないのだ。

「バトルソングに頼りっぱなしってのは、やっぱり問題あるのね」

バトルソングはスードリアの転生前にはなかったもので、何者かがこの世界に組み込んだ手軽に能力を身につけられるシステムだ。

スードリアもあるものなら使おうとバトルソングを利用しているし、ほとんどの場合それで問題はないのだが、システムの上限を超える力を使うことはできないし、今回のようにシステムに組み込まれた無効化能力を前にすると何もできなくなってしまう。

「あのイカどっかで見たことあるような」

転生前に見たことがあったとスードリアは思い出した。魔王スードリアに対抗すべく人間たちが作り出した生体兵器のはずだ。

　バトルソングとは関係がないはずなので、無効化はイカの能力ではないのだろう。イカを操る者が使っているとなると、厄介な組み合わせだった。

　バトルソングを無効化した上でバトルソングの影響を受けない兵器で攻撃すれば、バトルソングに頼り切りの現代人では太刀打ちできなくなるのだ。

「やれやれね。けど、助けてあげるわ」

　自分が創立し、愛着を持っている学園が蹂躙されるのを黙って見ていることはできなかった。できるならこのまま力を隠して一生徒として学園生活を楽しもうと思っていたが、このままでは全滅しかねない。

　スードリアは、今まで使ってこなかった本来持っていた力を使うことにした。

　宙へと浮かび上がり、周囲に漂う魔力を集めて身体に纏い、物質化して新たな身体を作り上げる。

　バトルソングとは関係ない系統の魔法なら無効化は効かないが、おそらくイカには通用しないだろうと思ったのだ。

　イカは魔法に耐性があるし、多少の損傷はすぐに修復するようになっている。魔法よりは、圧倒的な質量をぶつけるのが効果的だとスードリアは考えたのだ。

　少しばかりの時間をかけて、スードリアはイカに匹敵するほどの巨体を作り上げた。

　そして、獲物を捕らえることに夢中になっているイカの胴体を、横から思い切り殴りつける。

イカは建物を巻き込んで派手に横倒しになった。

さらに物的被害が増えた形になるが、放っておけばより人的被害が拡大するのだから、この程度は受忍してもらうしかないだろう。

「中に人が乗ってるんだったよね」

衝撃は中にまで浸透しているはずなので、装甲が頑丈であろうと乗組員はただでは済まないはずだ。

イカは、ゆっくりと起き上がった。動きがどこかぎこちないので、やはり効果はあったようだ。

「けど、切り裂いたほうが——」

打撃よりも斬撃のほうが効果があるかもしれない。スードリアは剣を生成しようと考えたが、その前にイカがいきなり飛び上がった。

呆気に取られて見ていると、イカの胴体周りに付いている透明な羽が回転を始め、瞬く間に空へと飛んでいった。

逃げたのだ。

逃げたのならそれでよしとするべきなのか、追ってとどめを刺すべきなのか。一瞬の逡巡の間にイカは姿を消した。

上空にある境界壁を越えたところで、ぱっと消えてしまったのだ。

どうやらイカは境界壁を無視できるようだ。あるいは、瞬間移動が可能なのかもしれない。いずれにしろ、こうなるともう追うことはできなかった。

「仕方ないね。とりあえず街の復旧を考えないと。それと、またあんなのが来た場合の対策も――」

「そんな対策は必要ない。なぜならお主も、この島の者どももこれから全滅するのだからな！」

スードリアの前に、少女が立っていた。今のスードリアと同じ大きさの、白い貫頭衣を着た少女だった。

「妾はＵＥＧ！　妾を封じていたこの世界に生きる全ての生命には罪がある！　よって全ての生命は絶滅させる！　抵抗したいならするがよい！　少しぐらいなら遊んでやるが妾も気が長いほうではない！　その気があるのならさっさとかかってくるがよいぞ！」

少女は朗々と、学園中に響き渡る大声を出した。

17話　敗北を知らぬというならこの状況でも勝ってみせるがいい

「と、言ってはみたものの、妾の目的がお主であることは自明よな？」

巨大な少女が不敵な笑みを浮かべた。

おそらく彼女は巨人というわけではないのだろう。わざわざ、今のスードリアの大きさに合わせて登場したのだ。

「へぇ？　もしかして私と戦いたいってこと？」

「そういうことではあるが、うぬぼれるでないぞ？　たまたま目に付くぐらいに巨大であったから、少しばかり遊んでやろうと思っただけのことイカのほうでもよかったのだ」

「ずいぶんとんちきなこと言ってたけど、本気なのよね。」

荒唐無稽なことを言ってはいたが、その雰囲気から実力は本物だろうとスードリアは思っていた。このまま放っておけば、彼女は本当に世界を滅ぼすだろうし、まずはこの学園の生徒を絶滅させるだろう。

「遊べるレベルであればよいのだがな。待っていてやるから本気を出すがいい」

「ふーん。私が本気じゃないってわかるんだ」

「妾も普段は力を抑えておるからな。似たようなことをしておるのはすぐにわかった」

「そう。じゃあお言葉に甘えて」

スードリアは力を解放することにした。さらに周辺の被害が拡大してしまうことになるが、やむを得ないと判断してのことだ。

魔力の物質化を解除して吸収し、本来の姿へと戻る。幾重にもかけている封印を解除していくと、あふれ出る魔力により周囲の建物や石畳が融解しはじめた。

これがスードリアが封印により力を抑えている理由だった。特に力を発揮しているつもりがなくとも、漏れ出る魔力で周囲が崩壊していく。こんな状態では学生の振りをして日常生活を過ごすなどとてもできなかったのだ。

「小さくなってしまうのか。せっかく合わせてやったというのに」

そう言いながらＵＥＧも小さくなっていき、標準的なサイズの少女へと姿を変えた。

「これで力は十分の一程度なんだけど、勝負になるの？」

「さて。十分の一と言わずに全力を出したほうがいいかと思うが」

「それは、これに耐えられてから言ったらどう？」

スードリアは魔力を後方へと噴出して勢いよく飛び出した。ＵＥＧめがけて一直線に突っ込んでいき、振りかぶった右拳を叩き付ける。

ＵＥＧはそれを片手で受け止めた。

「耐えたぞ？　次はどうする？」

「そう。じゃあ少しだけ力を上げるわ」

スードリアは右拳に魔力を流し込み、一気に放出した。魔力が光と化し、膨大な熱量を伴って迸《ほとばし》る。

圧縮された光線が一直線に街を駆け抜けていった。もちろんスードリアの拳を掴んでいたＵＥＧもただでは済まない。身体のほとんどが消失し、残ったのは足先ぐらいのものだった。

「ま、こんなものよね。ちょっと力を出したら誰もついてこられない」

スードリアは落胆とともに言った。もしかしたらいい勝負になるかと思っていたのだが、けっきょくはこの程度だ。

「ほう。あれか。敗北を知りたいとかその手の奴か、お主」

声は、残っているＵＥＧの左の爪先から聞こえてきた。その爪先から肉が盛り上がり、身体が再生していく。

再生中に攻撃してもよかったがスードリアはあえて見逃した。再生はすぐに終わり、なぜか服まで元通りになっている。

「ええ。負けたことはないわね。正直、戦いをモチベーションに人生を過ごすのは諦めたほうが幸せなんじゃないかと思っているわ」

「スローライフ同盟にはそんな奴ばかりだったが」

「移籍しろって？」

「それは無理だな。なんせそのスローライフやらモンスター王国やらは、妾が滅ぼしてきたばかりだからの」

「へぇ？　まあ、そいつらがどの程度かはよく知らないんだけどね」

スードリアはこの学園に転生してから、外のエリアに出かけたことがない。外に出られるのは高等部で戦闘訓練を受けてからというのがこの学園のルールだからだ。

そのため他の組織が具体的にどれほどの強さなのかをよくわかっていなかった。

「まあよい。敗北を知りたいのなら妾が教えてやろう。もっともその結果はお主の死でしかないわけで、知ったからといってそれを噛みしめる余地などありはしないがな」

「そんなことを言って、あっさりやられる奴をこれまで何度も見てきたんだけど？　あまり調子に乗ってると後で恥ずかしいわよ？」

「まずはこんなところか」

途端にスードリアの目の前が真っ白になった。一瞬遅れて、何かが顔面にぶつかったのだと悟る。

鼻から、生暖かい血液がぬるりとこぼれ落ちた。

それはただの突きだった。ＵＥＧが何の変哲もないストレートパンチを繰り出し、スードリアはそれを見切ることができなかったのだ。

「接近戦がお得意のようだからな。付き合ってやろう」

「私は何でも得意だけど、殴り合いがしたいならやってあげるわ」

スードリアはお返しとばかりにＵＥＧの顔面を殴りにいった。ＵＥＧは大げさに躱《かわ》しながら殴り返してくる。よく見てみれば、ＵＥＧの足は動いておらずそのまま横にスライドするように移動していた。

「まともにやる気ないの？」

スードリアはＵＥＧの攻撃を躱しながら、問いただした。

「こんなもの体裁さえ整っておればよかろうが」

「その体裁すら整ってないって言ってるのよ！」

殴る。躱す。蹴る。躱す。

その動きは徐々に加速していき、それはどこまでも拡大していく。お互いに決定打がないままにそれは延々と続くかのように思われた。

だが、何かがおかしいとスードリアは感じるようになってきた。お互いにまだ本気を出してはいない。この勝負は先に底が見えたほうが負けなのだろう。スードリアはまだまだいくらでも力を増していくことができると思っているのだが、自分の動きが微かにではあるが精彩を欠いているような気がしたのだ。

鼻血が、止まっていなかった。血がぽたぽたと垂れ流されていて、息苦しくなってきているとスードリアは気付いた。

滅多に怪我などしないスードリアだが、この程度の出血など簡単に止まるはずだった。スードリアは耐久力も再生力もずば抜けているのだ。これまでそうした状況になったことはなかったが、仮に全身が消滅したとしても、瞬時に再生できるはずだった。

そもそもスードリアは肉体に囚われた存在ではないのだ。自分の身体をいかようにでも変化させることができるし、その気になればいくらでも増やすことができる。

なのに、血が止まらない。息苦しいなどという感覚を覚えている。

「ようやく気付いたか」

攻防を続けながらUEGが言った。

「疲れぬし怪我も治るという状況で敗北を知らぬとか言われても、何か納得がいかぬ気がしてな。そのあたりは封じてみた」

「そんなことが……できるわけがない！」

「信じぬのは構わぬが、お主の怪我はもう治ることがない。動き続ければスタミナを失うし、損なわれた身体は元には戻らぬ。どうだ？　敗北を知らぬというならこの状況でも勝ってみせるがいい」

何かをされたという自覚はスードリアにはなかった。スードリアの力を封じるなどできるはずがないのだ。

だが、自分は万全の状態にあると信じ切ることもできなかった。異常は確実に存在しているのだ。今までにない状況に、スードリアの動きは乱れた。

ＵＥＧの攻撃を躱せず、スードリアの右腕が消失した。攻防の均衡はここに崩れ、そこからあっさりと勝負はついた。

右足が蹴り折られ、無様に倒れ伏したところで左腕を踏み潰された。

「ほれ。お望みどおりの敗北だ。満足か？」

攻撃の手を止めたＵＥＧが、スードリアを見下ろして勝ち誇るように言った。

「嘘よ……こんなこと……こんなことがあるわけが……」

「うーん？　おかしいのう？　勝負がしたかったのであろう？　勝ち続けるのに飽きて、自分を倒せる者を待っておったのであろう？　なぜ呆然としておるのだ？　強者が現れたのだ。素直に賞賛せぬのか？　やっと負けられたと清々《すがすが》しい気分になりはしないのか？」

スードリアは何も言い返せなかった。

「お主らのような者はこれまでにたくさん見てきた。ほとんどがイキがっておるだけの阿呆よ。敗北を知りたいなどと言いながらも、本心からはそんなことはまるで思っておらぬ。負けそうになれば無様に命乞いをする者ばかりであったわ。お主はどうなのだ？」

「わ、私は……」

「おっと、聞く耳など持たぬ。見飽きた反応などどうでもよいわ」

ＵＥＧが、か細く小さな足をこれ見よがしに上げ、スードリアの頭部を踏み潰す。

シンプルで美しい靴底。それがスードリアが最期に見たものだった。

＊＊＊＊＊

夜霧たちは、ヒメルン国の兵士二人と対峙していた。

一人は全身鎧をまとった戦士。もう一人はボディラインを強調した白衣を着た女で、チルダと名乗っている。

夜霧はうんざりしていた。

ようやくスコットと合流できたかと思ったら、また敵が現れたからだ。

「高遠くん、スコットさんが吹っ飛ばされたら、また面倒くさいよ？」

「うん。それは俺も考えてた。意識的にスコットさんを守らないと」

「別に僕が悪いわけではないが、なんだかすまないな」

夜霧が無意識でも守れるのは知千佳だけなので、スコットへの攻撃も考慮して対応しなければならないだろう。

スコットはほぼ不死身なので死ぬ心配はないのだが、案内役としてそばにいてもらわないと困るのだ。

「一応確認しとくけど、仇討ちってことは、俺らを殺しにきたんだよな?」

夜霧は、チルダと名乗った白衣の女に話しかけた。

「別の人にも言ったけど、俺らは襲われたから返り討ちにしただけなんだ。それで仇討ちとか言われてもさ」

「そのとおりね」

「復讐の連鎖って悲しいことよねぇ。けど、あなたたちが死ねばその連鎖は止まるんじゃない?」

「わかった。俺らは行くところがあるからそっちに向かうけど、ついてきたら殺す。警告はした。スコットさん。さっき言ってた集落に行こう」

夜霧はこれ以上話しても無駄だと考えた。

「ああ。こっちだ」

夜霧たちは、再び歩きだした。兵士がついてきた。兵士は命令を守り続けているだけなのだろうが、警告はしている。

夜霧は力を使い、兵士は倒れて動かなくなった。

「へぇ? 何をしたの?」

チルダが訊いてくるが、もう会話をするつもりのない夜霧はそのまま歩き続けた。

「高遠くん? いいの?」

「この世界の奴ら、だいたい話すだけ無駄だよ」

「それは私も重々承知してるけど、会話を一方的に無視するってなんか後ろめたいって言うか、おさまりが悪いんだよね」

「相手してたら切りがないよ。今後はあーゆーのは無視でいいんじゃないかな」

「無視かぁ……頑張るよ！」

「あのぉ。頑張られても困るんですけどぉ。お姉さん、悲しくなっちゃうじゃないですかぁ。殺し合うにしても、直前までは和気藹々とやりましょうよぉ」

何を言われようと無視だ。そう思ってさらに距離を取ろうとした夜霧だが、声はあまりにも近くから聞こえてきていた。もしやついてきたのかと振り返ると、チルダはすぐそばに立っていた。

「別についていってないからねぇ。あなたたちが離れていかないだけだから」

チルダのすぐそばには兵士が倒れていた。まさか倒れた兵士を引きずってついてきたわけではないだろう。

「私はねぇ。時間を操れるから空間も操れるのよ。私とあなたたちの間の空間を縮めてみただけなの」

「どゆこと!?」

知千佳がわけがわからないという顔をしている。夜霧もいまいちよくわかってはいなかった。

『時空は不可分ゆえに同じように操れるということなのやもしれんが……本当にそんなことが無制限にできるというのなら厄介な相手だぞ？』

「で、質問に答えてくれる？　この子の時間を戻したんだけど生き返らないの。あなた、何をしたの？」

「最後の警告だ。質問には答えない。その時空を操るとかもなしだ。俺たちの邪魔をするなら殺す」

「じゃあもういいや。ノリ悪いし、つまんないし。死んでいいよ」

チルダは何もできずにその場に倒れた。何かをしようとはしたようだが、夜霧の力は自動的にチルダを殺したのだ。

「とりあえず見張ってた人は倒したし、もう来ないよね？」

「来ると思っといたほうがいいんじゃないかな。面倒だけどさ」

ここにいることは知られてしまっているし、夜霧たちにはここから早急に立ち去る手段がない。また敵がこのエリアにやってくればすぐに見つかってしまうだろう。

「先ほどから邪魔をされてばかりだが、先を急ごうか」

「うん。案内をお願いするよ」

スコットに先導されて、夜霧たちは移動を再開した。しばらく歩いていくと、ようやく荒野を抜けた。草花の生えている場所までやってこられたのだ。

石畳で舗装された道があったので、そこを歩いていくことになった。いろんなことが起こり過ぎて忘れそうになっていたが、ここに生えている草花はセイラに感染していて危険なのだ。

道を歩いていくと、すぐにスコットが言っていた集落が見えてきた。スコットたちが住んでいた集落と同じような、小規模なものだ。

陽が落ちつつあるが、夜になる前に辿り着けたようだ。夜霧は少しばかり安堵したが、知千佳はそうでもなさそうだった。

「もう何も起こらないよね？」

疑心暗鬼に囚われているのか、知千佳がきょろきょろとあたりを見回していた。

「これまでのことを考えると何か起こっても不思議じゃないけどね」

「とりあえず休憩したい……何か疲れた……」

「同感だよ。話を聞かない奴ばっかりだし」

しかし、夜霧たちの何も起こってくれるなという思いとは裏腹に、不意にあたりが陰った。

「ええ……これって……」

嫌な予感しかしないこの状況に、知千佳がため息混じりの声を漏らす。

『噂をすれば影が射す、などとも言うな』

夜霧は空を見上げた。巨大な何かが下りてくるところだった。

18話　やったでござる!　高遠殿と合流できたでござるよ!　これで勝つる!

「邪魔するでー。まあ邪魔や言われても帰らへんけどなー。ポイントはいただいてくでー。ほなさいならー」

ヒルコは、セイラ感染者の集落に赴いてはシリンダーを突き刺し、ポイントを回収していた。

ヒルコからすれば異世界のまったく関わりのない住民たちであり、意志薄弱で何をされても抵抗しないような奴らから何を奪い取ろうと罪悪感はまったく覚えなかった。

とにかくルーと合流しなければならず、そのためにはエリア境界壁を通過する必要があり、それにはこの大陸で運用されているエネルギーが必要なのだ。

「もうちょい何かええ方法ないんか。いちいち鬱陶しいんやけど！　聞いてるんか！　トーイチロウ！」

呼びかけるも返事はなかった。同じ組織の人間なら伝心が使えるとのことだったので、無視されているようだ。いちいち返事をするのも面倒だと思っているのかもしれない。

「あいつ、だるそうやったしなぁ。うるさい奴放り出せたらそれでよかったってことかい」

いくつかの集落でポイントを回収したヒルコは、北へと向かった。ヒメルン国は北東の端にあるので、まずはそちらを目指さねばならないのだ。

しばらく進むと境界壁が見えてきた。ヒルコは壁にポイントの入ったシリンダーを押しつけた。壁の一部が虹色に輝いて通過用のゲートが出現する。ヒルコはそこを通って隣のエリアへと移動した。

「後120エリアほどかいな。かったるいなぁ。ほんまに」

エリア内に入れるユニット数には制限がある。ユニット毎にコストが設定されていて、総コスト1000までしか一陣営は送り込むことができないのだ。

ヒルコは最強のLユニットでありコストは500。エリア移動に必要なポイントもその数値に準じた500ポイントだった。

セイラ感染者からは無限にポイントを回収できるとはいえ、一度回収すれば復活するまでにある程度の時間がかかる。つまりエリアを移動するために500ポイントを溜めるのはかなり面倒な作業なのだ。

それと、移動先が自陣営のエリアであれば問題はないが、敵陣地の場合は自陣営が二つ以上隣接していなければ入ることができない。

まっすぐに北上し続けることはできず、敵エリアの制圧も行わなければならないのだ。

「いや、これ何かのゲームをやろうとしてるんやろうけど、クソゲー過ぎるんちゃう？　こんなん決着つくわけないやん」

大陸は広く、エリアは無数にある。一つのエリアに送り込める戦力は限られていて、あるエリアを支配したとしても、そうしているうちに別のエリアを取り返されていることがほとんどだ。

決着をつけたければ、ルールに何らかの強制力が必要なはずだが、それがないためにこの大陸ではだらだらと戦いが続いている。

そして、セイラ感染だけは何があろうとも減ることはないので、どれだけ注意していようといずれはどこかでセイラ感染者が増える。この大陸での戦争は、長い長い年月の果てにセイラが全てを呑み尽くすことで終わるしかないのだ。

「まあ、クソゲー攻略は勝手にやってろって話や。うちには関係あらへんし。ほなら次の集落はと……」

エリア内の気配を探る。

ここはスローライフ同盟の支配エリアなので、中央部分にエリアの核となる拠点があった。そこにはスローライフ同盟のMユニットやSユニットが詰めているだけなので、セイラ感染者はいないので対象外だ。

それ以外の集落は三つあったので、それらを周回してポイントを集めることになるだろう。

「これ、どんだけかかるんやろなぁ……」

これからの道行きに思いを馳せると憂鬱になってくるが、まずは行動しないとルーとの再会が遅れるだけだ。

ヒルコは沈んでいくような気持ちだったが、無理矢理に身体を浮かせた。そして、集落へと飛んでいこうとしたところで、前方の空間が揺らいでいることに気付いた。

「なんや？　スローライフ同盟から何か来たんか？　けど、転移先はエリア中央ってことやったような……」

つまり、これは普通ではありえない状況だった。転移で簡単にエリア間を移動できるのならこの大陸の無駄に複雑なルールに何の意味もなくなってしまうからだ。

警戒しながら見ていると揺らぎの中から何者かが現れた。ヒルコはその姿に驚愕した。

「おかん！」

ヒメルン国にいるはずのルーだった。ルーのほうからヒルコを捜しにきてくれたのだ。

「ヒルコさん！　よかった！」

「いやぁ！　助かったわぁ。けど、なんや大きなってるな」

別れた時のルーは十二歳程度の姿だったが、今のルーは二十歳程度の女性になっていた。

「分かれてた別の身体が向こうからやってきたの。それで融合したんだけど」

「おぉ！　つーことはすっかり元通り……って感じでもないな」

神の見た目などどうにでもなるのだが、神にはそれぞれにパーソナルイメージがあり、ほとんどがこれと決めた姿をとっている。

　外見だけなら以前のルーに戻っているのだが、気配がずいぶんと弱々しいとヒルコには思えたのだ。

「うん。肝心の部分がないのがはっきりとわかる」

「そうやろなぁ。完全復活しとったら、そんな弱ないもんなぁ。いや、それでもうちよりはよっぽど強いとは思うんやけど。じゃあとりあえず帰ろか」

「え？　肝心の部分がないって言ってるんだけど？」

「そらないと困るけど、不完全な状態でここにおったら、またややこしーことになるかもしれんやん。おかんはいっぺん戻ってくれたらええねん。あとは万全の状態で手下どもを送り込んだらええわけやし」

「でも、パパのところに行かないと」

「なんでやねん。今さらあんなんどーでもいーやろ。あいつはおかんの身体を集めるのに都合がええかと思って一緒におっただけやん」

「だめ。でも、私だけで行っても冷たくされるかもしれないから、ヒルコさんもついてきてとりなして」

「えー……あれがええゆーのは別にええけど、そやったら無理矢理連れてったらええやん」

「そーゆーのはちょっと……嫌われちゃうのやだし……」

「それもどーにでもなるやん？　とは思うけど、嫌やねんな、それが」

「うん」

今のルーの力なら、たかが人間を心変わりさせるのは容易いことだろう。だが、それをしてしまえば夜霧の自由意志は失われてしまう。一度干渉してしまえば、二度と元に戻すことはできないのだ。神々にとってもそればかりはどうしようもないことであり、何の力の影響も受けていない無垢な魂は貴重なものだった。

「わかったわ。とりあえずあいつらんとこに行こか。今のおかんならできるんやな？」

「うん。離れててもヒルコさんの気配もわかったし」

ルーが目を閉じた。夜霧の居場所を探っているのだろう。今のルーになら簡単なはずだが、しばらくして目を開いたルーは驚きの表情を浮かべていた。

「どないしたん？」

「あいつがいる……たぶん、私をバラバラにした……」

「なんやて!?　つーか、おかんがなんでバラバラになって賢者の石なんかになってるか聞いてなかったんやけど！」

「私も詳しくは覚えてない。記憶を司ってる部分はまだ統合できてないから。けど、とにかくこいつだけはむかつくって感覚がすごくある」

「どないするん？　いてこましにいくんか？」

「……今の私じゃ太刀打ちできない……まずはパパのところに行くよ」

ルーがヒルコの手を摑んだ。あたりの景色が歪んでいく。今のルーなら、ヒルコを連れたまま境界壁を無視して転移するぐらいは簡単なようだった。

＊＊＊＊

「えーっと……イカ？　これ見たことあるやつだよね！」

『東の島に向かっておる時に、豪華客船にからみついてきたやつよな』

「なんで飛んでんの！」

『知らぬわ！』

飛んでいるのは巨大なイカらしいが、高速回転しているので夜霧にはよくわからなかった。どうやら胴体に羽がついていて、回転することで揚力が発生しているらしい。

そのイカはゆっくりと下りてきて、夜霧たちと集落の間に着陸した。

停止すると、夜霧にもそれが巨大なイカであることがはっきりと認識できた。細長い胴体から十本の触手が生えているあのイカだ。

「なんだかわかんないけど……下から飛んでここまでやってこられるぐらいなら、乗せてもらったら楽なんじゃないかな？」

「ああ！　デグルさんだっけ！　海賊の人！」

デグルは海賊団の船長だ。豪華客船で用心棒の振りをしていて、内部から襲撃の手引きをしていた。

海賊と仲良くしていいのかという倫理的な面は無視するとして、自由に空を飛べる乗り物があるのなら移動は相当に楽になるはずだ。

顔見知り程度の相手ではあるが、まったく見知らぬ人物と交渉するよりは幾分かはましだろう。

『まあ、あれが以前のイカと同一なのかとか、乗っている人物が同じなのかなどはわからんがな』

確かにそうだが、それは確認してみるしかないだろう。夜霧はイカに近づいていった。

夜霧が十分に近づいたところで、イカが口のあたりをもごもごとさせて、何かを吐き出した。

花川だった。

「何やってんだよ」

「拙者も！　何が何だかわからないでござるよ！」

いきなり花川がキレた。

「花川くんは、学園に行ったんじゃなかったっけ？」

「そうでござるよ！　わけのわからん特訓で死にそうになり！　助けてくれる人が現れたのでどうにかなるかと思いきやこのイカが襲撃してきたのでござる！　で、このイカに摑まれ！　口に運び入れられ！　もう駄目だと思ったのですが、なんでか生きてるのでござるよ！」

「そっか。よかったな」

「もう少し！　再会を喜んだりできないのでござるか！　もう二度と会えなかったかもしれないのでござるよ!?　もうほとんど残っていないクラスメイトでござるよ！」

「だったらまずそっちが先に喜んだら？」

「わーい！　やったでござる！　高遠殿と合流できたでござるよ！　これで勝つる！　さあ！　これでよいでござるか！」

「やったぁ」

「感情！　もっと感情がこもってないと納得できないのでござるが！」

「いや、無事でよかったとは本当に思ってるよ。死んでても仕方ないかなとは思ってたけど」

「一言多いのでござるよ！」

「なんだかんだ仲良く見えるね。この二人」

「拙者は！　こんな朴念仁とではなくて、知千佳たんと仲良くしたいのでござるが！」

「えー、やだ」

「素っ気なさに本音が詰まってて辛いでござる！」

「で、花川はこのイカが何なのかはよくわかってないんだな？」

「さっぱりでござる」

「そうか。おーい。中の人。デグルだっけ？　話できる？」

夜霧はイカに呼びかけた。すると、一本の触手が夜霧たちの前にやってきた。触手の先が割れて、そこから階段が伸びてくる。その階段を下りて、男装の女がやってきた。

やはり、船旅の途中で出会ったデグルだった。

「なんでお前たちがここにいるんだ？」

「旅をしてたら辿り着いたんだよ」

「空の上にか？」

「地上から来ることのできるルートがあるんだよ。むしろイカで飛んでくるってほうがかなりイレギュラーなやり方だと思うよ」

「で、何の用だよ？　俺らもここのことはよくわかってねぇから、教えてくれるってのなら大歓迎だが」

「乗せてくれないかな？　ここは島がいっぱい浮いてて、それぞれが転移装置みたいなのでつながってるらしいんだけど、俺らはそれでうまく移動できなくてさ。飛んで移動できるなら楽でいいなって思ったんだけど」

「そりゃちょっと難しいな。乗せるのはいいけどよ。飛ぶにはかなりのエネルギーが必要になる。ちょっと情報収集したら地上に戻るつもりだったんだ」

「エネルギーか。もしかして花川を口に入れたのはそのため？」

「ああ、そいつか。確か口に入れたまま放置してたな。こいつは生物と機械の中間みたいなやつでな。生き物を食ってエネルギーにできるんだよ」

「花川一人でどれぐらいのエネルギーになるの？」

「人一人では微々たるものだな。脂肪が多そうだから、その分多めにエネルギーが取れるのかもしれないが」

「あの……拙者の生き死にをものすごく軽く扱うの、やめてもらっていいでござるかね？」

「だったら私を使ってもらえばいいと思うが」

　すると、スコットが話に割り込んできた。

「私は不死身だしエネルギーを搾取されるのにも慣れている」

「そういう問題なのかな!?　人をイカに食べさせて自分らは楽に移動しますとか、無茶苦茶気まずいんだけど！」

「だが、君たちが目的を達成できないと、私を殺してくれないんだろう？　ならば気にする必要はない。必要ならいくらでも私を犠牲にすればいい」

「まあ、本人がそう言ってるなら」

「いいのかなぁ……」

　知千佳が納得できていないようだったが、このままでは移動もままならない。何かしらの手段は必要になることだろう。

「そいつがいいのならまずは試してみるか？　不死身とか言われてもよくわからんしな」

「本当にやるんだ……ん？」

またもや陽が陰り、夜霧と知千佳は空を見上げた。

「また何か来てんだけど！」

『千客万来よな』

大き過ぎてよくわからないものが、空から落ちてこようとしていた。

19話　賢者の石が勝手に集まってくれて、これで元の世界に帰れちゃうの!?

スローライフ同盟とモムルス国を制したＵＥＧが次にやってきたのがスードリア学園だった。ここがどのような場所か知らずに来たのだが、周辺の事情程度はＵＥＧの力をもってすればすぐに判明する。

ここでは組織に所属するほとんどの者が学園生という扱いになっているようで、それぞれが戦闘に関する教育を受け、高等学校から実戦に投入されるというシステムのようだった。他の組織とは少し様子が異なるようだが、けっきょくはＵＥＧの殺戮対象でしかない。

ＵＥＧは、スードリア学園内を適当にぶらぶらと歩き、出会った生徒たちを片っ端から殺して回った。

敗北を知りたそうにしていた女は少しは面白かったが、特に歯ごたえがあったわけでもなく、この学園で最強というわけでもなかったようだ。

最初の女よりも多少は強い相手もいたが、それもＵＥＧから見れば誤差のようなものでしかなかった。

目に付いた者は一通り始末したが、生徒は他の場所にもいるようだった。

どういうわけか、ここは空に浮かぶ島を転移術と幻覚により大陸に見せかけているので、それぞれの島に生徒たちは点在しているようなのだ。

「残りの生徒を妾がわざわざ捜し回って殺さねばならないのかといえば微妙なところではあるな。そのあたりは手下に任せてしまってもよかろう」

今までのところ、神の眷属であっても負けていたかもしれない相手が何人かいた。なのである程度の露払いは必要なのだ。

『ザクロよ』

UEGは、手下である眷属の神に呼びかけた。彼にはどうでもいいような有象無象どもを殺して回るように命じてあるのだ。

『は』

『そちらの首尾はどうなっておる』

『主要都市は壊滅させた。残りは小規模な集落などだ。動物の類はとりあえず無視しているが、これらはどうする？』

『こちらの意図を理解できぬ程度の知性体ならば放っておくがよい。最終的にはこの世界ごと滅ぼす故に、それらもついでに消えてなくなるがな。それでだ。お主はこちらへやってくるがよい。地上にはそれほどの強者はもう残っておらぬはずだし、残りの者でどうとでもなろう』

『承知した。が、主上はどこにいるのだ？　気配を感じないのだが』

『ふむ。そうだったな。ここは結界の内であった』

　UEGだからこそ、浮遊島群を覆う結界を無視して探索や通信ができているが、ザクロの力では結界内にいるUEGの気配を感じ取ることができないのだろう。

　この結界はUEGにも多少の障害になっていて、気配の探索などは少しばかり面倒なことになっていた。

「いちいち薄布ごしに気配を探るのも面倒なことだ。壊してしまうか」

　UEGは掌を頭上へと掲げた。そして、そこから無数の光線を発射する。それらは四方八方へと飛んでいき、各地にあるエリア境界壁を打ち砕いた。

　無数の浮遊島群で作られた疑似大陸。それを形作るための結界を、この場から全て消滅させたのだ。

『うむ！　これですっきりとしたな！』

『主上の気配を感じられるようになった。空の上にいるのだな』

『意図はよくわからぬが、浮島をつなげて大陸のようなものが作られていたのだ』

『なんだそれは。本当に意味がわからんのだが』

『まあどこぞの誰かの趣味なのであろう。こちらにもそこそこの強者がおるので、それらをお主に任せたい。妾は多少は骨のある者どもを始末してまわることにした』

連絡はできたので、あとはザクロがどうにでもするだろう。

UEGは気配を探った。すると、この学園の地下にもまだ強者の気配があることがわかった。下方に張られていた結界をUEGが無意識に壊してしまったのだ。

「これは……妾に縁がある者のようだな。面白い」

UEGは一瞬宙に浮かび上がり、跳び蹴りの構えになって一気に床へ突撃した。石畳を砕き、いくつもの床を蹴り破る。

UEGは地下建築物群を通り過ぎ、さらに下方にある洞窟に辿り着いていた。この洞窟は学園の建物とは関係なく、もともと存在していたもののようだ。

「気配はこのあたりからか」

「なんだ、ここ？　さらに地下にこんなとこがあったのか」

UEGが開けた穴を通って、狼の頭部を持つ人間が現れた。制服を着ているので生徒のようだ。

どうやら地下には一般的な人間とは異なる者たちが潜んでいたらしい。

「てめぇが、さっき生命を絶滅させるとかふざけたこと言ってやがった野郎かよ」

「そのとおりだ。勢いあまって途中の雑魚どもは無視してしまったが安心するがよい。順番に殺してやるのでな」

「はぁ？　殺すだぁ？　俺様が三年生で、絶対死なねぇスキル持ちって知ってのことかよ？」

「知らぬわ」

ＵＥＧは光弾を放ち、狼人間の胸部を打ち抜いた。

「あぁ？　こんな程度すぐに治って――」

「治らぬよ。どこぞの神の加護のようだが、そんなものを無効化するなど造作もない」

バトルソング由来ではない力のようで、狼人間はそれに絶対の自信を持っていたようだが、ＵＥＧからすればどうでもいいことだった。

狼人間は倒れて動かなくなった。不死身の状態が解除されてしまっているので、心臓がなくなれば死ぬのは当然のことだった。

「これはこれは。どこの神様かは知らないけど、いきなりこれはやり過ぎじゃない？」

洞窟を進もうとすると、正面に単眼の少年が現れてＵＥＧに話しかけてきた。

「口上は述べたであろうが。あとはお主らがどうするかだけのことよ」

「そうか。じゃあ戦うしかないけど、神同士だとそう簡単には決着がつかないんじゃない？　面倒だからお互いに関わらないでおこうよ」

「お主が面倒に思うかなど知ったことではない。戦わぬのなら死ねばよいだけのことであろう」

ＵＥＧは実にそっけなかった。洞窟の奥に興味が湧いてきて、挑んでくる生徒などどうでもよくなってきつつあったのだ。

ＵＥＧは洞窟の奥へと進んだ。ついでのように正面にいた少年を殴りつけた。少年は吹っ飛んでいき、洞窟の奥に転がっていった。

「お主は人から神になったタイプか。その手の奴には明確な弱点があるから妾の敵ではないな」

あまり遊ぶ気になれなかったＵＥＧは、さっさと片付けることにした。

「ば、馬鹿な……どうして……」

避けられず、防御もできず、痛みを感じているということを、少年は信じられないようだった。

「過去に人であったということそのものがお主の弱点なのだ。人であったころのお主に干渉すれば力を奪うなど簡単なことよ。その点、妾にはその手の弱点はない。妾は生じた瞬間から神であったからな」

ＵＥＧは悠然と歩いていき、少年を踏み潰して殺した。

それなりに強かったようではあるが、ＵＥＧはもう飽きてきているのだ。けっきょく、この浮遊島群でそれなりに遊べたのはトーイチロウだけだった。

洞窟を奥に進んでいくとあたりの様子が変わってきた。岩肌が蠢く肉のようなものになってきているのだ。

「ふむ。ここの奴らがセイラと呼んでおったものか。地下にこんなものがあると気付いておらんかったのか？」

肉壁で作られた洞窟をＵＥＧは歩いていく。その壁はセイラに感染しているようだが、ＵＥＧはそれに触れようとなんら問題はなかった。

なぜなら、そのセイラがＵＥＧに縁のある者だからだ。

洞窟だった周囲は、肉で作られた建物のようになっていった。廊下があり、部屋があるのだ。ソファーやテーブルといった家具も肉で作られているが、何のためにこんなことをしているのかUEGには理解できなかった。

気配を辿っていくと、肉で構成された建物の中枢らしき場所へ着いた。

奥の壁に、人のようなものが埋まっていた。壁と一体化しているが、それがこの肉群の心臓部なのだろう。

「お主がオリジナルか。話はできるのか？」

返事はなかった。まともな思考能力は残っていないらしい。UEGはその肉塊から情報を取得することにした。

UEGが属する世界では、他人の心を勝手に読むのはタブーとされているのだが、このままでは何もわからないのだから仕方がないだろう。

それは、UEGの一部を取り込んだものだった。UEGがこの世界で眷属を作るために用意した道具を、彼女が使ったのだ。

その後、心が壊れた彼女を、この世界を牛耳る存在である賢者が利用した。彼女の肉片を浮遊島にばらまいたのだ。どうやら、この疑似大陸を作り上げるためのエネルギー源として使うためにそうしたらしい。

「何がしたいのやらさっぱりわからんが……妾の眷属をこのように使うなど業腹よな。このあたりを平らげた後は、賢者とやらを滅ぼしてくれる」

ＵＥＧはセイラに触れ、その肉片を取り込んだ。

多少でもＵＥＧに関わりのある存在がいいように利用されているのが不愉快だったのだ。

もともとがＵＥＧから派生したものなので、統合するのは簡単だった。周囲の肉壁が全てＵＥＧへと吸収され、あとに残ったのはただの洞窟だった。

「雑魚どもはザクロに任せておればよいか。あと何体か、妾が出張る必要のある者がおったかと思うのだが……ふむ。ヒメルン国とやらの奴らか」

気配を探るとすぐに所在が判明した。どういうわけかヒメルン国の本拠地は壊滅状態になっていて、強者である女王は別のエリアにいるのだ。

経緯はよくわからないが、ＵＥＧはとりあえず女王のもとへ向かうことにした。

＊＊＊＊＊

巨大な何かが空から落ちてくる。夜霧たちはそれを呆然と見つめていた。

それが地面に激突し、大地が激しく揺れ動く。夜霧は立っていられなくなり、慌てて知千佳にしがみついた。

『正直、情けない状況だな』

「転《こ》けても問題ないかとは思ったけど、この状況でなら壇ノ浦さんに抱きついても自然かなと思って」

「別にいいけどさ。それ言わなくていいと思うよ？」

知千佳とデグルはびくともしていなかった。体幹ができているということか、多少の揺れはものともしていないのだ。

スコットと花川は、あっさりと転けていた。

「なんだろ、これ？　でかすぎてよくわかんないな」

落ちてきたのは、巨大な白い塊だった。

「こ、これは……見るからにおぞましいのでござるが！」

「Gとかそーゆー系なんじゃないの！」

「Gってよりは蛆虫？」

白くぽってりとした長い胴体が、夜霧にはそう見えたのだ。

「蛆虫とかめっちゃ嫌に決まってるじゃん！」

透明な翅の生えた巨大な蛆虫というのが、ぱっと見たところの印象だ。ぶよぶよとした胴体の下部には無数の人の足のようなものが生えている。

『うむ。蛆虫というよりは白蟻の女王というのが近いようにも思えるな。ほれ。先端部分に頭部とでもいうべき部分があるであろう』

その巨体からすればごく小さなものが、先端に付いていた。それは女のようだった。ドレスを着た女の上半身が、蛆虫のような身体から生えているのだ。

「ますます気持ち悪いんだけど！」

「いや……見た目で気持ち悪いっていうのは可哀想じゃないか？」

「そ、そうだよね。それは私が悪かった――いや、悪くないんじゃないかな!?」

蛆虫のような身体が蠕動する。不気味に揺れるその身体には無数の気門のような穴があるのだが、そこから何かが出てこようとしているのだ。

ずるりと、全身が濡れた肉の塊が穴からひり出される。それらは湿った音を立てて地面に落ちた。

「何なの!?　いったい何が起こってるの!?」

知千佳は卒倒しそうになっていた。夜霧もいい気分はしていない。その光景には、本能的な忌避感を覚えるのだ。

「まずいな……あれはLユニットだ……こんな方法があったのか……」

「スコットさん、一人で納得してないで！」

「ああ。一つのエリアに入れるLユニットは二体までというのは言ったかな。だが厳密に言えば、これは境界エリアの移動制限に過ぎないんだ。つまり、エリア内でLユニットを生産できるのなら、いくらでもLユニットを投入できるというわけだ」

「なるほど？　というかLユニットって王子みたいな奴だよね。ぶっちゃけあの人がどんだけ強か

ったのかいまいちわかってないんだけど……」

「強さを認識できる状況ってこっちがピンチなんだから、何もわからないうちに倒すのが一番いいんじゃないか？」

「正論過ぎるけど、とりあえずそろそろ離れてもらっていいかな？」

なんとなく知千佳に抱きついたままだった夜霧だったが、知千佳にそう言われては離れざるを得なかった。

「まぁ……高遠さんの力であればどうにでもなるのかもしれませんが……」

そんなことを言っていると、白い肉塊の先端に付いている女が夜霧たちを見つけて話しかけてきた。

「はじめまして。私はヒメルン国の女王、エリザベルと申します。ちまちまと戦力を逐次投入するのは愚策でしょうから、全力を尽くすことにしましたよ」

どうやら、完全にヒメルン国に目を付けられてしまったらしい。

『復讐の連鎖もここに極まれりだな。国家が一丸となって何がなんでも小僧を殺すつもりのようだぞ？』

「なあ。こんなことはもうやめよう。俺たちはそっちに襲われたから反撃しただけなんだよ。国家元首が直接出てきてやり返すような話じゃないと思うんだけど」

今さら無駄だろうとは思いつつも夜霧は言った。

「いいえ。そんな話なんですよ。武力を尊ぶ私たちにとっては、やられっぱなしというのは許容できない話なんです。たとえその復讐でお互いが全滅することになるとしても、やるべきことなんですよ」

エリザベルは淡々と言った。やはり無駄なようだった。

『まぁ……基本、舐められたら殺せというのは武門にとっては当たり前の話だがな』

「え？　うちの家そうなの？　今でも？　お姉ちゃん舐められまくってる気がするけど!?」

『あ奴は……正統後継者ではないのでカウントしとらん……舐められてもＯＫ！』

「それはどうなんだ……」

産み落とされた肉の塊が、姿を変えていく。エリザベルに比べれば小さな者たちが、ずらりと列をなしていた。

「パパ！」

唐突に背後から呼びかけられて、夜霧たちは振り向いた。

ヒルコと、知らない女が立っていた。

「ヒルコさん！　境界壁とかよくわかんない仕組みがありましたけど、移動できたんですね！」

「それはおかんのおかげやな。パワーアップしたおかんは、そんな仕組みとか無視して転移できるようになったわけや」

「そっちの人はルーなの？　大きくなったってことは、賢者の石を手に入れたの？」

夜霧にはよくわからなかったが、知千佳にはその女性がルーだとわかったようだ。

「うん。別のところで賢者の石がくっついて大きくなったもう一人の私が、私のところまでやってきたの。それで、融合したらこんな感じになっちゃった」

「じゃあ石は全部そろったの？」

「あと一つか二つぐらい残ってると思う。記憶とか魂とかを司ってる肝心の部分が抜けてるみたい」

「もしかして俺たちを元の世界に戻すとかできるようになった？」

「距離によると思うけどできると思うよ。一気に行くのが無理だったとしても、いくつかの世界を経由すれば」

ルーはあっさりとそう言った。特に難しいことではないようだ。

「え？　私たち、この大陸に来てからたいしたこと全然何もしてないのに、賢者の石が勝手に集まってくれて、これで元の世界に帰れちゃうの!?」

知千佳が大げさに驚いていたが、確かに驚くべきことなのだろう。これでほとんどの問題が解決してしまったのだ。

『我ら、このあたりをうろうろしとっただけなんだが……』

もこもこは釈然としない様子だった。

20話　そこだけ聞けばクズみたいな言い分だけど、言いたいことはわかる

イカが空から下りてきて、花川とデグルが現れた。

次にヒメルン国の女王とやらが現れて、さらにヒルコとルーまでやってきた。

「何なんだろうな。この状況」

「立て続けにいろいろ起こり過ぎだよね……」

「ま、とりあえずは女王とやらに対応しなきゃいけないみたいだけど」

「おい！　再会を喜び合うんはええけど、何かやばいことになってへんか？」

ヒルコが少しばかり焦りながら女王を指さす。

ルーたちがやってきたので気が逸れていたが、女王は着実に準備を進めていた。

次々に仲間を生み出し、手駒を揃えているのだ。

生み出された手下どもの姿はばらばらで大きさもまちまちだ。全てが同じ実力とは限らないが、使い物にならない存在を生み出したところで意味などないし、それぞれがとてつもない力を秘めているのだろう。

「あれって、ヒルコさんがやっつけたりできないの？」

「あれはちょっとまずいんちゃうかな。おかんやったら楽勝やろうけども」

「じゃあ、ルー。あれどうにかできる？」

夜霧はルーに訊いた。ルーのほうが強いとヒルコは言うが、夜霧にはそのあたりがよくわからない。夜霧から見れば、ルーはおしとやかそうなイメージであり、ヒルコのほうが威勢がいいので強そうに見えるのだ。

「できると思うけど、パパは何もしないの？」

「俺は何もしたくないんだよ」

「そこだけ聞けばクズみたいな言い分だけど、言いたいことはわかる」

夜霧の力は一方的に相手を停止させる。そこには矜持もなく、戦いの尊厳もない。他に手段があるのなら極力使うべきではないと思っていた。

「じゃあ、あいつをやっつけるね」

ルーが夜霧たちの前に出た。

ルーが何をするのか。どう女王を倒すのか。興味深く見つめていたが、けっきょくルーが女王に何かをすることはなかった。

「妾はＵＥＧ！　この世界の全ての生命を絶滅させる者よ！　理由は省略だが、お主らには罪があるので、死をもって償うがよい！」

突然そんなことを宣言する少女が現れたからだ。

＊＊＊＊

ＵＥＧは空を飛び、ヒメルン国の女王がいる浮遊島へとやってきた。

上空から島を見下す。特に何があるわけでもない島だが、すぐに目に付いたのは巨大な蟲《むし》だ。

ＵＥＧはそれが女王だとすぐに気付けなかった。ヒメルン国の女王、エリザベルは普通の人間であると情報収集の過程で知っていたからだ。

だが、他に女王らしき者はいない。姿こそ異なるが、その蟲が女王エリザベルのようだった。

「ふむ。ずいぶんと大きく醜くなっておるが、これはこれで思いきったやり方よの」

エリザベルの能力は、強い子供を産むことだ。ただし、どんな性質を持って生まれるかをエリザベルは選ぶことができない。つまり運任せということになるのだが、運が重要な物事を成功させる方法はただ一つ。試行回数を増やすことだ。

エリザベルはたくさんの子供を産むために巨体を形成し、たくさんのエネルギーを内に溜め込んでいるのだ。

エリザベルの能力はランダムであることに重きを置いている。何が生まれるかをまったくコントロールすることはできないが、その代わりに神にも匹敵する強者を生み出せる可能性があった。

「しかし、そこまでせねばならん相手というのは……あ奴か」

ＵＥＧはエリザベルの視線の先に、旧知の神を見つけた。神であるＵＥＧであっても封印時の記憶は曖昧だ。だが、数体の神がＵＥＧの封印に関わっていることぐらいは朧気に覚えている。

それが彼女だ。ＵＥＧに比肩する神であり、争った相手であり、ＵＥＧに敗北を与えた存在だ。

つまり、恨みの矛先としては最優先の対象ということになる。

「とうにいなくなったかと思いきや、まだここに残っておったとはな……いや……本調子ではないのか」

正直なところ、エリザベルなどどうでもよくなっていた。復讐するのならまずは彼女にするべきであり、この世界の生命を絶滅させるなど八つ当たりに過ぎないのだ。

「しかし初志は貫徹するべきか。ころころと方針を変更するのも落ち着きがないからな」

ＵＥＧは大声で全ての生命の絶滅を宣言した。宣言してから殺すと決めているのだから、そうすべきなのだ。

ＵＥＧは両手を掲げ、上空に無数の光弾を生成し、一気にそれを解き放った。

無数の光弾が浮遊島に襲いかかる。絶え間なく降り注ぐ高密度の光の雨が、そこにある全てに平等に襲いかかった。

光弾が当たれば、圧倒的な熱量が解放されて一定範囲が蒸発する。躱すことも防ぐこともできない圧倒的な攻撃が、島全体を覆い尽くしたのだ。

エリザベルも、エリザベルが産んだおぞましい生命体も、古代遺物であるイカも、島を構成する大地も、その攻撃には耐えることができなかった。

光の雨がようやく収まった時、島は消え失せていた。残っていたのは、攻撃の規模に比べれば点としか思えないような光の球だけだった。

それは防御障壁だ。

そこにいた女神が、自らと周囲にいた者たちを守るために展開したのだ。

「この程度でどうにかできるとは思ってはおらなんだが、まさか周りにいたただの人間まで守るとはな」

宇宙をすら軽く滅ぼせるUEGだ。この程度は様子見というところだが、女以外に生き残る者が出てくるとは思っていなかった。

UEGは降下し、女神と高度を合わせて近づいた。

「ふふっ！　久しぶりだな！　あー……その……何だったかな、お主は」

封印される前後の記憶は曖昧だった。この女神がUEGの封印に関わっていることぐらいはなんとなく覚えているのだが、具体的にどこの何者かを覚えていなかったのだ。

「何だと言われても……そういうあなたはUEGだっけ？　でも、そんな名前じゃなかったような気が……いや、よく覚えてないから確実に違うとは言えないんだけど……」

「とにかくだ！　お主が妾の封印に関わっているのは間違いない！　……のだよな？」

「そう言われても……昔のことはちょっと覚えてなくて……どっかで会ったことあるんだろうなぁ、ぐらいはわかるけど……」

「それはおかしいのではないか⁉　妾を封印するような大事件が記憶に残らないわけがなかろうが！」

「いやぁ……記憶を司る部分がどこかにいっちゃってて、昔のことはぼんやりとしか覚えてないから……けど、私があなたを封印したとかって証拠はあるの？」

「証拠だと？　……いや……そう言われてもな……なんとなくお主がやったのだという感覚だけはあるのだが……」

「だったら大事件とか言いながら、あなたも覚えてないんじゃ……」

「……いや……関係ある気がするのだが……」

肌感覚としては、この女神が封印に関与しているのは間違いないとは思うのだ。だが、過去に何があったのか、この女神とはどのような関係であったのか、ＵＥＧはまるで覚えていなかった。

傍若無人でありその力で何もかもを押し通すＵＥＧだが、自分に対しては嘘をつけなかった。つまり、明確な証拠もなしにこの女神を仇だと言い張ることができなかったのだ。

時空を超越できるのだからそれぐらい確認すればいいのだが、それもできなかった。何かがあったとされる時空についての記憶がないため、その時空の存在がＵＥＧにとってはあやふやであり干渉ができないのだ。

「何だこの、ふわふわとしたぐだぐだな会話！」

そのはっきりとしないやりとりを見かねたのか、女神のそばにいる少女が言った。

ＵＥＧはその言葉を聞いて、ようやく女神のそばにいる者たちに目を向けた。

女神が守ったのは五名。

今文句を言った小柄な少女と、ＵＥＧには好ましく見えるタイプの少年と、小太りの少年と、男装の女と、女神の眷属神らしき女だ。

「まあ確証がないのだから、お主を仇とは言わん！　だが、それはそれとしてこの世界の全ての生命を絶滅させることは変わらぬ以上、お主を殺すことには変わりはないのだ！　で、お主、名前はなんというのだ？」

「ルーだよ。パパが付けてくれたんだ」

「パパだと？　その小太りな男か？」

「何の冗談？」

「うむ。冗談だ。そちらの少年であろう？　どことなく神に好かれそうな顔をしておる」

「え？　拙者、無茶苦茶さりげなくディスられておりませぬか？」

小太りの少年が言うが、神の目線で見ればどうでもいい存在だった。

「さて。話はここまでにしておくか。記憶にはないが、妾とお主は相容れぬ存在……のはずだ。理由はよくわからんがお主のことはとにかく気に入らぬ！　再会したのなら戦うしかない運命よ！」

「困ったな。私はまだ万全じゃないから戦ったらたぶん負けると思うけど、パパを避難させてからでもいい？」

それでも、ルーは一瞬で何の抵抗もできぬままにやられるとまでは思っていないようだった。そして、それは事実だろう。ＵＥＧであってもそう簡単に倒せる相手ではないはずだった。

「ふむ。だが、逃げに徹するなどされれば妾であっても容易くは仕留められんであろうし、それは面倒だ。なので、お主が本気になれるようにしてやろうではないか！」

ＵＥＧは、ルーが守っている者たちに目を向けた。

彼らは邪魔だ。守りながら戦うなどされては拍子抜けだし、かといって逃がすまで待ってやるほどＵＥＧはお人好しでもない。

そこでＵＥＧは、彼らを消し去ろうと考えた。

人間の少年をパパなどと呼ぶ戯れ言が本気なら、仇であるＵＥＧから逃げることなく立ち向かってくることだろう。

勝ちの見えた戦いではあるが、本気でかかってくるのならそれなりの勝負になるかもしれない。

ルーは宙に浮き、球形のフィールドで仲間とともに身を守っていた。それは外界からの影響を遮断する障壁であり、ルーが拒む物を一切通さない。

どんな攻撃もその障壁が阻むだろうが、ＵＥＧにすればこれも薄皮一枚程度のものでしかなかった。

その障壁は絶対防御の概念を持っているが、ＵＥＧは防御無視の概念を伴った攻撃を放てるからだ。

矛盾の故事と同様の事態になるが、この勝負の結果を難しく考える必要はない。これは、より力の強いほうの能力が優先されるというだけのことなのだ。

神々の戦いとは突き詰めれば、ただの数値比べに過ぎなかった。過程はどうあれ最終的には能力がより強力なほうが勝つだけのことであり、そこに工夫の余地などありはしないのだ。

ＵＥＧが軽く手を振る。それだけで、ルーの障壁は砕け散った。

「さて。回りくどいことをするつもりはない。まずはお主のパパとやらから始末してくれる！」

そして、世界が暗転した。

21話　基本的には思わせぶりなことを言ってるだけだから

「……何じゃ、これは？」

すぐに状況が把握できず、ＵＥＧはしばらくの間呆気に取られていた。もっとも、そのしばらくとは主観においてのことであり、実際にはさほどの時間は経っていないだろう。

ＵＥＧの目前には、どこまでも続く暗黒が広がっていた。何もない空虚な空間だ。

先ほどまで対峙していたルーやその仲間たちの姿はどこにもなく、ここにいるのはＵＥＧと一人の少年だけだった。

「最初に言っておくと、僕はさも何でもわかっているような口ぶりで話すけど、実のところほとんど何もわかっていないんだ。基本的には思わせぶりなことを言ってるだけだから、まあ、戯れ言とでも思ってくれたらいい」

「……何じゃ、お主は？」

「降龍と呼んでくれたらいいよ。この世界を管理している神だ。最近ようやく管理者としての立場を取り戻せてね。一安心というところなんだけど、だいたい僕の思うとおりになっていてずいぶんと気分がいい」

「……神だと？　お主の気配など感じなかったが」

「じゃあうまくやれてたんだね。君が復活したと知った僕は、必死になって気配を消していたから。まあ、見つかったとしても、君の基準からすると強者と判定されたかは怪しいけどね」

　確かに、降龍はそう強いようには見えなかった。スローライフ同盟にいた奴らのほうがよほど強いだろう。もっとも、気配を隠すのに長けているようだし、本当に弱いのかは戦ってみなければわからないが。

「……何をしにきた？」

「何だろう？　常に傲慢だった君にしては反応が鈍いね？　この状況にとまどってるのかな？」

　確かにUEGはとまどっていた。とまどっている自分に驚いていた。ほぼ全てのことが思いどおりになるUEGにとって、まったく想定していない状況に陥るのは本来あり得ないことなのだ。

「これは何だと訊いている！」

「何だろう？　生と死の狭間というか特異点というか走馬灯というか夢というか。死の前にある一瞬のきらめき的なもの？　因果が確定したことによって生じた一瞬の綻びというのかな。君はまだ死んでいないけど、死ぬことが確定した時点で生じる、生から死へと遷移する瞬間を切り取った影絵……まあ好きに解釈してくれていいよ」

「納得したわけではないが、そこになぜお主がおる」

「機を窺ってたんだよ。ざまあみろと言いたかったからね。高遠くんはそんなことは言わないだろうし、せめて僕が言ってすっきりしておきたかった。ま、こんなわけのわからない場所にやってくるなんてできないから、その瞬間に僕の影を投影しているだけなんだけど」

「……なるほど。確かにこれは妾の叡智をもってしても理解できない現象のようだ。だが、妾が死ぬだと？　ここがどこかは知らぬが、どこにでも転移してしまえばよいだけだ」

ＵＥＧは周辺を探索した。暗黒はどこまでも、本当にどこまでも続いていた。ＵＥＧの知覚の及ぶ限り、延々と果てなく続いているのだ。

ならば別の次元を、並行世界を、別の宇宙を観ようとしたが、それも叶わなかった。観ようとした先にあるのも虚無だったのだ。

ここには本当に何もない。

そのことに気付いたＵＥＧは、ゆっくりと恐怖を感じはじめていた。どこに行こうにも、何もないのだ。何もない以上、どこに転移することもできなかった。

「な、ならば！　全てを焼き尽くしてくれるわ！　時空を！　宇宙を！　この宇宙を含む上位宇宙を！」

ＵＥＧは全力で力を放った。だが、全てを焼き尽くすはずの力は虚空へと消えていった。ＵＥＧの力は、何の影響も周囲に与えなかったのだ。

「無駄だよ。ここには何もないんだから。ないものを壊したりはできないよ」

「ふざけるな！　そんな概念があってたまるか！」

「もうちょっと簡単に言うなら、これは君自身が見てる夢のようなものなんだよ。夢の中で何をしたって、夢そのものを破壊したりはできないだろう？」

「夢……だと？」

「そう。死の間際に見る、二度と覚めることのない夢さ」

「ははっ！　妾が死ぬだと？　馬鹿を言うでないわ。妾は不滅だ。封印されることはあろうと、滅しさることなどできはせぬ！」

「正確には、まだ死んでないよ。これから死ぬことが確定してるだけさ。神である君が高遠くんを殺そうと考えた。だから死ぬことになった」

「高遠とはなんだ？　それでどうしてこうなる？」

「ルーちゃんだっけ。彼女のそばにいた、かっこいいほうの少年が高遠夜霧だよ。彼は特別な存在でね。どんな状況であろうと彼を殺そうとした存在は必ず死ぬことになる。ぶっちゃけて言えば即死チートってところだよ」

「……妾がこんな状況に陥っているのだ。確かにその高遠とやらに何らかの力があることは認めざるを得ぬのだろう。だが妾はまだ何もしておらんぞ！」

「けれど、殺そうとは思ったよね？」

「思っただけでまだ手は出しておらんかっただろうが！　仕方がない！　ならば殺すのはやめだ！

殺さなければよいのであろうが！」

口惜しくはあるが、背に腹は代えられなかった。

自力で脱出できないのだから、偉そうにはしていられない。ここから出られないのでは、ＵＥＧの生には何の意味もなくなってしまう。

「うん。君がただの人間とかであれば、殺そうと思ったけどやっぱりやめた、で済んだんだけどね。神がそれを言いだしたら、神としてのアイデンティティが崩壊するから無理だよ。何でもできる神の想いはそれだけ重いんだから。あ、何かダジャレみたいになって恥ずかしいね」

「わ……わけがわからぬ……何なのだ、その高遠とやらは……」

そんな存在のことをＵＥＧは聞いたこともなかった。そのような者が存在するなど、想像したことすらなかったのだ。

「うん。神にもいろいろいてね。アレを知っている系統と知らない系統にわかれるんだ。アレを知らない神のほとんどは傍若無人で、何でもできると思っていて、それ故に強力だ。対して、アレを知っている神は比較的穏やかで、あまり無茶をしない。というかできない。限界を知ってるんだよ」

「アレとは何なのだ！　何をもったいぶっておる！」

「いやぁ。僕もよくわからないから、アレとか言ってふんわりとさせてるだけなんだ。正体は知らないし、知ろうとも思わないからね。けど、僕らの系統は節度というものを持っている。もしかすれば、僕たちには想像も及ばないような存在がいるかもしれないと思っている。人間たちが、神様が見ているから悪いことをしてはいけないよ、と諭すように、神々を見ている何かがいるのかもしれないと思っている」

そう言われたとて、そのまま素直に信じることなどできはしなかった。それはUEGのような、己が最上位にいると思っている神には理解できるはずもない存在だからだ。

「僕らの一派にはさ、こう考える者もいる。とりあえず宇宙を含む上位宇宙を含む……みたいな究極的な集合があったとしてさ。それが滅びないのはなぜなんだろう、と。時空が無限に存在しているのなら、いずれは究極的な存在が現れても不思議じゃないし、そんな存在が気まぐれに全ての宇宙を滅ぼす可能性はゼロじゃない。そして可能性がゼロでないのなら、無限の時間があればそれは必ず発生しそうなものだよね。けどそうはならない。僕たちが観測できた範囲内でのことなんだけど、一定以上に強くなろうとした、なった神はいずれ消えてしまうんだ。では、それを為している者がいるんじゃないか？　この宇宙には何かの限界が、基準があるんじゃないかとね」

「……基準……」

UEGはそんなことは考えたこともなかった。神は不滅であり、消えることなどないと思っていたのだ。

神を殺したことなどいくらでもあるが、神にとっての死とはただの状態であり、いずれはどこからともなく復活を遂げる。そんなものだと思っていたのだ。

「うん。ある一派はそれをスケールと呼ぶし、ある一派はそれをリミッターと呼ぶ。まあそんな感じの何かがあるんじゃないかなと」

「理不尽が過ぎるだろうが！　それを殺そうとしただけで、死んでしまうだと!?　そんな馬鹿な話があるか！」

「でも君の暴虐に巻き込まれた人たちだって、理不尽だと思ったんじゃないかな。突然やってきて、たいした意味もなく殺していくし、抗いようもない。君はそれこそが運命だと嘯《うそぶ》くかもしれないけど、君にだってそんな理不尽が唐突に訪れるかもしれないって考えたことはなかったの？」

「……それはなぜ、人の形をとっていて、こんなところをうろうろとしておるのだ……そんなものがあるとして、それはいったいいつ、どこから現れたのだ……」

「さあ？　そんなことは知らないけど？」

　馬鹿にするように降龍は言った。

「なんだと？」

「最初に言ったように、僕の言葉は全て戯れ言だ。真実など一片も含まれていないかもしれないよ？」

「おのれ！　妾を愚弄するか！」

「うん。そのとおりだよ。最後に君をおちょくりたいと思って来ただけだからね。じゃあ、僕はそろそろ消えるよ」

そう言われて、ＵＥＧはぞっとした。こんな何もないところに一人で取り残される。それが示す意味に今さら気付いたのだ。

「ま、待て！　行くな！　妾を置いていくつもりか！」

「置いていくも何も、ここにいる僕はしょせんは影だし闇に溶けていくだけさ。この受け答えだって、簡単な思考パターンを用意して、予め想定した問答の中から答を選択して示しているだけだし」

「げ、幻影でもいい！　消えるな！　ここにおれ！」

「うん。君が慌てふためく様を見てせいせいしたよ。本体にこの情報を送れないのが残念だ」

だが、ＵＥＧの懇願も虚しく、降龍と名乗った幻影は闇の中に消えていった。

「な、ならばここに世界を作ってくれる」

何もないし、どこにも行けないというのなら、自らがここに作ればいいのだ。神なのだから創世ぐらいはできる。

できるはずなのだが、何を作ろうとそれはすぐに闇に溶けていった。ここではどんなものも存在を許されないのだ。

そして、自らも闇に溶けている途中なのだとＵＥＧは自覚した。

どうにか己を保とうとするも、次第にそんなことをしている自分が何なのかも曖昧になってくる。

「……なぜだ……なぜ妾がこんな目にあわねばならぬ……」

ＵＥＧは己の形を失い、自分が何者なのかもわからなくなり、やがて闇に消えていった。

＊＊＊＊＊

「バリアってパリンって割れるんでござるね？」

ＵＥＧが手を振ると、ルーが周りに展開していた防御障壁が壊れた。

そして、ＵＥＧは落ちていき、夜霧は殺されそうになったのだと自覚した。

わけのわからない奴がやってきて、何だかわからないうちに死んでいくのはいつものことなので、夜霧はまたかと思うだけだった。

22話　幕間　じいちゃんは適当だよね。わかった。今度はうまくやるよ

スードリア学園から逃げ出したヴァンは、大陸の中央ということにされているエリアに移動していた。

自然豊かで風光明媚な里といった印象の場所だ。

ここは、どの勢力も入ることのできない立ち入り禁止エリアだ。当然、スードリア学園の生徒であるヴァンも入れないはずだったが、そもそも立ち入り禁止のルールを作ったのがヴァンなので、何の問題もなかった。

ゲームマスターであるヴァンは、ルールを無視できるのだ。

「困ったな。学園が滅茶苦茶になっちゃったよ」

巨大イカが現れ、魔王が本性を現し、ＵＥＧを名乗る神が現れた。それらの戦いによって学園は壊滅状態に陥ったのだ。

魔王を倒したＵＥＧは、学園の主要な生徒を殺し尽くした。そのうえ、ヴァンが地下に隠していたセイラまで吸収して持ち去ってしまったのだ。

ヴァンは管理者権限で、他の陣営の様子も確認した。目も当てられないような状況になっていた。他の三組織も全滅に等しい状態だったのだ。

記録によれば、スローライフ同盟とモムルス国はUEGの手によって壊滅していた。ヒメルン国もひどい有様になっていたが、こちらは女王が自ら行ったようだ。

つまり、現時点で有力なユニットはほぼ全滅していた。残っているのはどうでもいいような雑魚ユニットばかりになっていたのだ。

「さすがにここから立て直すのは無理だなぁ。じいちゃんもこんなのは面白いと思ってくれないだろうし」

ヴァンは、大賢者であるミツキを楽しませるために四陣営を争わせていたのだ。

正直なところゲームバランスはあまりうまく取れていなかったので、退屈なゲーム展開になっていたのだが、それでもどこからともなく現れた化物が全部ぶっ潰してゲームオーバーでは納得してもらえないだろうと思っている。

ミツキは別にこんなことで怒りはしないだろうが、ヴァンは申し訳ない気持ちでいっぱいだった。こんなことになるのなら短期決戦になるようなルールを盛り込んでおけばよかったと反省しているのだ。

「まあ……素直に謝るしかないか」

ヴァンはミツキに会うべく、小規模な集落を通り抜けて、丘の上に建つ館へと向かった。

館に入ると、使用人の少女たちが一斉に頭を下げた。

「やあ。じいちゃん、いる？」

「ミツキ様でしたら中庭に」

慇懃無礼と言わんばかりの態度だった。

ヴァンの容姿は優れていてほとんどの女が興味を示すのだが、彼女らはヴァンを何とも思ってはいないのだ。

彼女らからすればミツキの孫だから丁重に扱わなければいけないというだけのことであり、何の関心もないのだろう。

ヴァンは建物の中を抜け、中庭に出た。すぐにミツキは見つかった。芝生の上に寝転んでいたのだ。

「じいちゃん」

「あ、ヴァンくん！　久しぶり！　元気だった!?」

呼びかけに応えたのは、ヴァンよりも幼く見えるぐらいの少年だった。

信じがたいほどの美貌を持つ絶世の美少年。それがヴァンの祖父であり、賢者の総元締めである大賢者ミツキだった。

「どうしたの？」

「見てもらったほうが早いかな」

「あ、例のゲーム？　ごめんね。展開が遅いから、あんまり見てなくて」

「うん。そこは反省点だね。次はスピーディな展開を心がけるよ」

ミツキは身体を起こし、目の前の空間に情報を表示させた。

ゲームの舞台である大陸の地図を中心に、各陣営のパラメーターが表示されている。

「全滅？　……あー。あの子が起きちゃったのか。ということはマルナリルナが死んだのかな？

無茶苦茶やってくれるなぁ」

困ったように言うが、ミツキの顔はとても楽しそうだった。意外な出来事を純粋に楽しんでくれているらしい。まったく怒っている様子はないので、ヴァンは胸をなで下ろした。

「知ってるの？」

「昔、ちょっとだけ付き合ってたことがあるんだ。内緒だよ。みんなが嫉妬するからね……あー、あの子が起きたらひどいことになるかなって思ってたけど、とんでもないことになってるね」

二人の目の前に表示されている情報が変化していく。ゲームの舞台であった疑似大陸の表示から、世界全体を表す表示に切り替わったのだ。

「全人口の五割ぐらいが死んじゃってるよ。いやぁまさかここまで振り切った行動に出るとは思ってなかったよ。僕とか他の女神に復讐するかなとか、その過程でかなりの人が死ぬかもとかは思ってたんだけど、まさかただ殺戮を繰り広げるとはなぁ……」

「五割といっても主要都市が軒並み壊滅してるから、ほとんど世界が滅んだようなものかな？」

「それにあの子が放った光線が星の中心を貫いちゃってて、崩壊寸前だよ」

「じゃあ、生き残りをかき集めてどうにか文明を再建するってのも無理？」

「うん。ここから立て直すのはほとんど不可能だよ。リセットは不可避だね。うーん。あんまり戻し過ぎるのもなぁ……このあたりかな？」

ミツキが何をしたのかヴァンにはわからなかった。だが、また芝生に寝転んだので、するべきことはもう終わったのだろう。

「え？　いきなりなの？」

「思い立ったが吉日ってやつだよ。後はよろしくね」

「じいちゃんは適当だよね。わかった。今度はうまくやるよ」

そう言って、ヴァンもミツキの隣で横になり目をつむった。

＊＊＊＊＊

「え？」

周囲の光景が突然変化し、知千佳は驚きの声を上げた。周囲からも似たような声が上がり、ざわめきになっている。

知千佳はこの変化にすぐに付いていくことができなかった。あまりに突然で、予想外で、何も理解することができなかったのだ。

つい先ほどまで、ルーや夜霧と一緒に宙に浮いていて、UEGとかいうわけのわからない少女と対峙していたはずだった。

なのに、今の知千佳は座席に座っているのだ。

ここは、バスの中だった。

周りにはクラスメイトがいて、みんなも混乱しているようだった。ほとんどパニックに近い状態になっている。

「え？　え？　え？　どういうこと、これ？」

窓から外を見るとそこには草原が広がっていた。空を見上げれば、浮遊する島があった。

知千佳は隣の席を見た。そこには、もこもこが席からはみ出るようにして座っていた。

「え？　もこもこさん!?　けど、そこはみこちが座ってた席で……あれ？　もしかして、時間が巻き戻ったとか!?」

『お主、状況判断が的確過ぎるのではないか!?　普通、もっと混乱するものだろうが！』

「混乱はしてるけどさ。異常な状況に慣れてきたってのはあるからなぁ……でも、時間が戻ったのなら、隣にみこちが座ってないのは……」

知千佳の隣の席には城ヶ崎《じょうがさき》ろみ子《こ》が座っていたはずだ。時間が戻ったのならろみ子がいないのはおかしい。

知千佳は立ち上がり後部座席を見た。そこには夜霧がいて、間抜けな寝顔を見せている。知千佳は少しばかり安心した。

『少しばかり見てまわってきたが、いくつか席が空いているな。もともと埋まっていなかった席もあるとは思うが』

「これ、どういう状況なんだと思う？」

『時間が戻っているにしては以前と様子が異なっておるな。この時点ではお主は我が見えておらんかったはずだ』

「うーん。とりあえず時間が戻ってると仮定してだよ。バスが停まってるから、この直後に……」

バスの乗降口が開き、白いドレスの女が乗り込んできた。それは以前に見た光景のままだった。

「お久しぶりです、みなさん。お忘れの方もいるかと思いますので改めて自己紹介を。賢者のシオンと申します」

バス内はさらなるパニックに襲われた。

反応から見るに、クラスメイトたちはシオンを知っている。どうやら、知千佳だけが時間を逆行したという状況ではないようだ。

知千佳の記憶では、この後担任教師はシオンに殺されている。だが、担任教師はシオンに突っかかっていかなかった。その顔は恐怖に引きつっているので、シオンにされたことを覚えているのかもしれない。

——もしかして高遠くんが殺した人たちは今ここにいない？　けど賢者シオンって高遠くんが倒したような……あ、止めはさしてなかったんだっけ？

夜霧はシオンの身体を部分的に殺して尋問したのだ。そして、賢者の石や他の賢者についての情報を手に入れ、シオンを放置して立ち去った。

シオンと対峙した時のことを思い出した知千佳だったが、そう思って見てみればシオンの手足の挙動はどこか不自然だった。もしかすると、彼女の手足は死んだままなのかもしれない。

「みなさん！　混乱されているのはよくわかります。ですが、ただ騒ぎ立てていても事態は何も解決いたしません。どうか一度落ち着いていただけませんか？」

シオンの対応も前回とは異なっていて、静かになるのを辛抱強く待っているようだった。やがてクラスメイトたちは落ち着きを取り戻し、シオンの言葉に耳を傾けられる心境になったようだ。

「さて。正直なところ、私自身もとまどいはあるのですが……簡単に言ってしまいますと、先ほどまであなたたちが体験していた状況は、夢です」

「はい？」

知千佳と何人かが声をそろえてそう言った。

「あの！　ちょっといいですか！」

知千佳は手を挙げて訊いた。

「はい。……壇ノ浦知千佳さん、ですよね」

「えーと……要するに夢オチってことですか!?」

「そういうことになるんでしょうか?」

シオンは首を傾げていた。彼女も、この状況を完全には理解できていないようだった。

即死チートが最強すぎて、異世界のやつらがまるで相手にならないんですが。

番外編

――書き下ろし――

狭間

高遠朝霞《あさか》は、中学生になった夜霧と共にH県星辰《せいしん》市にある山の中に居を構えていた。

研究所を出てからも、謎の教団に攫われたり、都市伝説の化物のようなものに関わったりと、何かとトラブルはあったのだが、それでも世界を滅ぼそうとする神が出てきたり、世界の王がやってくるよりはずいぶんとましな状況ではあるのだろう。

最近は夜霧の周辺調査と警護により一層の力が入れられているらしく、以前のようなことが起きないようにと最大限の配慮がなされていた。

今のところ世界が滅びる予兆などはなさそうなので、とりあえずは平穏無事な状況で朝霞たちは暮らせていた。

「クビってことですか?」

朝霞たちが拠点としている屋敷のリビングで、朝霞は間の抜けた声を上げていた。テーブルの向かい側には研究所の管理職位の白石《しらいし》が座っている。

「ああ、はい。解雇通告ですので一般的にはそのように呼ばれていますね」

テーブルの上には、解雇予告通知書と書かれた書面が置かれていた。

「そーゆーの、もうちょっと重苦しい雰囲気で言ったりするもんじゃないですかね!?」

朝霞にとっては寝耳に水、青天の霹靂もいいところだ。まさかそんなことになるとは露ほども思っておらず、軽くつっこんではみたものの本心から素直にそれを受け入れる準備はできていなかった。

「いやあ、あまり深刻になられてもと思いまして、さらっと言ってみたんですが」

「いやいやいや！　深刻な話ですよ！　私、無職になるってことじゃないですか！」

「法的には三十日前の通知が必要とのことなので、猶予はありますからその間に次の仕事を探されては？」

「簡単に言うなや！」

「こう言ってはなんですが、もう一財産は築かれたのでは？　最初に大金を手にされた時には少しばかり調子に乗って散財されたようですが、以後は大きな買い物をされている様子はないですし」

「それはそうですけど、私、お金があるなら働かなくていいやってタイプでもないんで！」

実際のところ、一般常識からかけ離れた額の給料が朝霞には支払われている。無茶苦茶な贅沢でもしなければ死ぬまで暮らせるほどの財産が朝霞にはあった。

「私が言うのもなんですが、この仕事をずっと続けるのもどうかと思いますよ？　幸い、何事もなく無事に辞められるんですから、ここで辞めておいたほうがいいと思いますが」

「無事に辞められない可能性って……まあ、あるんですかね。秘密結社みたいなもんですしね」

「一応公的な組織ではあるんですけどね。まぁ仰るとおりです。ＡΩ《アルファオメガ》に関わってしまったのなら、普通はただで辞めることはできません。ぶっちゃけてしまいますと、辞められるぐらいなら始末してしまおうぐらいの勢いです」

「勢いですか」

「実際、クラスＣ職員には爆弾が仕掛けられていますから」

「え？　私もですか!?　たしか、夜霧くんに見られたことがあるのが、クラスＣですよね？」

俄には信じられないことだが、表沙汰にはできないことを山ほど抱えている組織だ。それぐらいはやるのかもしれないと朝霞は考えた。

「ご安心ください。高遠さんは特例でして、クラスＣからは除外されています。爆弾も仕掛けていません。もっとも守秘義務はありますので、このお仕事のことを吹聴されるのは困りますし、一生なんらかの監視措置のもとには置かれます。ま、我々も気を遣いますので、監視されているとあからさまにわかるようなことにはならないと思いますが」

「そもそも、クビの理由って何なんですか？」

朝霞は肝心のことを今さらながらに訊いた。解雇を告げられた衝撃で、それを訊くのをすっかり忘れていたのだ。

「当初の目的を達成できたためというのが主な理由ですね。現状のＡΩは少しずれたところはありますが、一般的な日本人中学生男子としてのアイデンティティを確立しています。つまり、高遠さんにお願いしていた教育面での目標は達成できたと考えています」

「まぁ……確かにもう学校に通ってますし、お友達もそれなりにはいるようですから、私が教えることはほとんどないんですけどね」

夜霧は優秀なので、朝霞が教えるようなことなどもうなくなっていた。学校の授業の内容は全て習熟しているようなので、補足する必要もないのだ。

では、今朝霞が何をしているのかとなると、夜霧の身の回りの世話をしているに過ぎないだろう。食事の用意や掃除といった家事全般のことになるが、これらは朝霞にしかできない仕事ではない。

つまり、朝霞の役割はもう終わっていると言われれば、そのとおりなのだ。

「一番大きいのは、ＡΩの力が封印されている、ということですね。現状では無差別に、無作為に発動される状況ではなくなりましたので」

夜霧が一般社会と接触する際に一番問題となるのがその能力のあり方だ。

これについては夜霧も問題があることは認めているので、夜霧の協力を得て封印という形をとることになった。

もっとも、夜霧の力に他人が干渉できるわけがないし、できるのなら夜霧を地下に閉じ込める必要もなかった。この封印は、夜霧が自分自身で行っているのだ。

封印は夜霧が自由に解くことができるので、本質的には今までとほとんど変わりがないのだが、夜霧が力を使うためには封印を解くという工程が必要になる点が大きく異なっていた。

封印と一般的な日本人としての判断力があれば、そう大きな問題になることはない。そういう建前で夜霧は学校に通うことが可能になっていた。

「うーん。でも、どうなんでしょう。私が言うのもなんですけど、私を勝手に辞めさせちゃっていいんですか？　夜霧くんは――」

「それは、俺がそうしてもらうように相談したんだよ」

背後からの声に朝霞が振り向くと、学校から帰ってきた夜霧がリビングの入り口に立っていた。

「おー、おかえりー。で、どういうこと？」

「さすがにこの状況はおかしいって俺もわかるようになったんだ。朝霞さんにだってやりたいことはいろいろあるんじゃないかな。まだ若いのに、俺の世話ばかりさせるのもあんまりなんじゃないかって」

「まぁ……確かにそれを考えたことがないとは言わないけどさ」

このまま夜霧の世話に明け暮れて年老いていっていいものか。そう考えたことがないと言えば嘘になる。

だが、夜霧をとりまく状況を知った今、全てを放り出して逃げるわけにもいかなかった。下手をすれば世界が滅ぶようなことに朝霞は関わってしまっているのだ。

「俺はもう一人でもどうにかできると思うから、朝霞さんはもうちょっとまともな仕事をしたほうがいいよ」

「そうかぁ……夜霧くんがそんなことを言うかぁ……」

朝霞は少しばかり感動してしまった。まさか夜霧が朝霞の境遇について考えてくれているとは思ってもいなかったのだ。

「でも、今さら何の仕事をすればいいんだ……」

夜霧の気遣いの結果なのかもしれないが、解雇であり無職になることには変わりない。地獄のような就活を思い出すと朝霞は頭を抱えたくなってきた。

「別に朝霞さんを追い出したいとか、困らせたいってことじゃないから、いたいならいてくれていいんだけど、このままの状況を続けるのはどうなのかなって思ってさ。今すぐにってことじゃなくて、仕事が見つかってからでもいいんだけど」

「仕事……仕事なぁ……私、何がしたかったんだっけなぁ……」

思い返してみれば、そこそこ有名な企業に入って適当に過ごすことしか考えていなかった。就活がうまくいかなかったのも、そんな浅はかな考えを見透かされていたからかもしれなかった。

「じゃあ俺、この後ちょっと出かけてくるから」

そう言って夜霧は自分の部屋へと向かった。

「少しそっけない感じがしますが」

白石が小首を傾げた。

「まぁ身内にべったりって年頃でもないんじゃないですかね」

「そういうものですかね。そう言えば一人称、俺なんですね」

「それも年頃って感じなんでしょうねぇ。最初はちょっと驚きましたけど、中学生にもなればそんなもんなんじゃないですか？　ずっと僕な男の子もいるでしょうけど、やっぱり子供っぽくはありますし」

朝霞は、男友達がある日突然に俺と言いだしたことを思い出した。どうやら、僕から俺は意識的に変化させるものらしい。

「それはそうとして、仕事って何か紹介してくれたりとかないんですか？」

「逆に訊きたいんですが、うちの色の付いた職場に行きたいですか？」

「それは……ちょっと嫌かもしれませんね。あ、そういや、職歴的にはここのことはどうすればいいんですか？」

「公的に存在する組織ですから仰ってもらってもいいですよ。もちろん、仕事の内容は誤魔化してもらう必要はありますが」

「うーん……だとするとあやふやなことを言う人になっちゃって、面接でうまくいく気がしないんですが……」

「そこはどうにか頑張ってください」

「むっちゃ他人事ですね……」

「そりゃ他人ですけど、でも私は高遠さんは実に有能だと考えていますよ。状況に適応する能力が凄まじいじゃないですか。普通、こんなわけのわからない状況に置かれて平然としていられるものではないですよ。それに十分以上の成果を出しているわけじゃないですか」

「平然としてたわけじゃないですけどね。で、そんな能力があったとして適切に評価してくれる企業ってどこかにあったりするんですかね？」

「未開の土地に商品を売りつけにいく商社の営業とかどうですかね？」

「それをうまくやりきる能力があったとしても、やりたくないですねぇ。なんか適当に言ってませんか？」

「これでもかなり親身になっているほうだと思いますけど」

白石も世間離れしているほうだろうし、就職に関してはあまりあてにできそうになかった。

「仕事はどうにか探すとして、ここを離れてまた変な奴らに襲われるとかはないですかね？　これまでちょくちょくおかしな目にあってるんですけど」

「それはなんとも言えないですが……それらのおかしな出来事というのはＡΩに関連して引き起こされた事象なのではないかと考えています。ＡΩから離れれば大丈夫なのではないですかね？」

「そうなんですかね……裏だか闇だかの奴らが、私は関係ないって考えてくれればいいですけど……」

超常現象の類が夜霧に引き寄せられたというのはなんとなくわかるし、それについては心配する必要はないだろう。問題は、夜霧とその周辺に関心を持っている人間や組織だった。

「裏だか闇だかもいつまでも高遠さんを相手にしてるほど暇ではないと思いますけどね。実際のところ、そのあたりの勢力というのは閉じた社会の中でドンパチやっているものですので、足を洗った高遠さんにまで手を伸ばすことはそうそうないと思うのですが」

この世界には一般的に考えられているよりも進んだ科学もあれば、超常的な能力の持ち主がいたり、神や呪いや魔術や妖怪といったオカルト的な現象が実在したりもしている。

そういった世に知られていない事柄は、うっすらと表の社会と繋がりつつも、大部分は闇に沈んでいるのだ。

「そういうもんなんですか」

「そういうもんなんですよ」

そういうことらしいので、朝霞は就職活動にのりだすことにした。

＊＊＊＊

今の自分は、死ぬこともあるのだろうと夜霧は考えていた。

本当に全ての力を封印してしまっているからであり、殺意を感知することも、意識して力を使うこともできなくなっているからだ。

今の夜霧は封印を解除すれば力を使えるようになる。という点を除けばごく普通の中学生男子になっていた。

もっとも、真の意味で封印できているのかは定かではなかった。夜霧はこれで封印できていると思っているのだが、自分の力の全てを理解できているわけではないからだ。

生まれついての力であり、手足のように自在に操ることができはするのだが、操れるからと言って理解できているわけではないのだ。

ただ、これらのことを、夜霧は研究所には全て伝えていない。この機会に夜霧をどうにかできると思われるのも困るからだ。

封印はしているが殺意を感知すれば反撃をするかもしれない。そう思わせている。

研究所が夜霧の報告をどのように受け止めたのかはわからないが、今のところは平穏無事に過ごすことができていた。

「おーい、車に轢かれるよー」

「え？」

声が聞こえて横を見てみれば、クラスメイトの松島眞理《まつしままり》がいた。

「信号点滅してるけど？」

言われて前方を見てみれば、歩行者用信号が点滅していた。夜霧は横断歩道を歩いているところだったのだ。

「ああ、ごめん」

夜霧は小走りになり、横断歩道を渡りきった。

何かあってもやってきた相手が死んで、夜霧は一切の危害を受けない。そんな生活を続けていたものだから、夜霧の危機意識は実に希薄なものになっていた。

——こういうのをもっと気を付けないといけないんだよな。

夜霧は反省した。交通事故で死んでしまうならそれも運命だと受け入れるつもりでいるが、轢いたほうの人生も激変してしまうことだろう。交通事故となると、夜霧が死んで、それだけで済む話ではなくなってくるのだ。

「高遠くんってぼんやりしてるよねぇ」

「そうだね。よくないと思ってるよ」

「責めてるつもりはないんだけど。それはそうとここで会ったのも何かの縁だからさ。高遠くんの家に遊びにいっていい？」

「なんで？」

「なんでって……友達でしょうが！」

「そうだったかな？」

「えー？　何かいろいろあって絆が深まったじゃん！」

——記憶がうまく消えてないのかな？

夜霧は、松島眞理や三田一子《みたいちこ》といったクラスメイトとともに、不可解なオカルト現象に巻き込まれた。

話を聞いただけで化物がやってくるしろくび様という怪談だったのだが、そのしろくび様が実際に現れたのだ。

その際に、関わった大勢の人物がしろくび様に殺された。それらを眞理や一子は目撃してしまっていて、そのままではトラウマになってしまうかと思われたが、狐の妖怪のなんだかよくわからない能力によって、事件の記憶は消去されたらしいのだ。

しかし、事件そのもののことは忘れていても、夜霧と何かをしたようなぼんやりとした記憶は残っているようだった。

「なんで僕の家なの？」

「幽霊屋敷かもってことで興味持ったんだけど、高遠くんが住んでるわけで、そう思われるのは嫌なんでしょ」

「うん。肝試しにこられるのは困るし」

「だからさ。ちゃんと見た人が幽霊屋敷じゃないって言いふらしたら、誤解は解けるじゃん」

「そうかなぁ？　まあ来たいなら来てもいいけど」

古びた屋敷というだけで、特に隠さなければならない物もない。もしかすれば妖怪の類が来ていることもあるかもしれないが、一般人が来たなら空気を読んだ対応をしてくれるだろう。

「じゃ、行こう！」

「今から？　結構遠いけど？」

「高遠くんが毎日通ってるわけでしょ。ゆーほどでもないんじゃないの？」

「まあ、松島さんが気にしないならいいけど」

夜霧は仕方なく眞理と一緒に帰宅することになった。

＊＊＊＊＊

「本当に遠いな！」

夜霧の自宅のある山に入ったところで眞理が耐えかねたように心境を吐露した。

「ここまで来ればもうちょっとだけど」

「これ、毎日通ってるって正気!?」

「いつもは途中まで車で送ってもらったりしてるけど」

「だったらなんで今日は歩いてんの!?　嫌がらせか！」

「さあ？　来ないこともあるんじゃないかな」

夜霧の送り迎えをしているのは、研究所関連の者たちだ。眞理を警戒してやってこなかったのかもしれなかった。

「おお！　夜霧くん、今帰り？　お友達？」

坂道を上っていると、自転車に乗った朝霞が隣にやってきた。

「うん。朝霞さんは面接の帰り？　調子は……訊かないほうがよさそうだね」

「その気遣いが心苦しいよ、夜霧くん」

「お姉さん？」

疑問に思ったのか眞理が訊いた。

「違うよ。でも、なんて説明したらいいのかな？」

朝霞との関係をどう他人に説明すればいいのか。夜霧は何も考えていなかったことに気付いた。

「うーん。住み込みの家庭教師みたいなもんかな？」

夜霧が説明に困っていると自転車から下りた朝霞が補足した。

「先に帰ったらいいのに」

「いや、坂で止まったらもう上れないわ。そんな体力ないわ」

ここ最近の朝霞は自転車で最寄り駅まで行き、都市部に出て就職活動をしていた。

「そーいや、夜霧くんはお迎え来なかったの？」

「来なかったよ」

「まあそういうこともあるのかなあ？」

送迎はこれといった約束のもとに行われているわけではない。夜霧の登下校に合わせてどこからともなくやってくるのだ。

「で、何ちゃん？」

「あ、松島眞理です。高遠くんと同じクラスです。おうち見せてもらいたくって」

「ほおほお……お客さんが来ても大丈夫な状態だっけな……」

朝霞が考え込んでいた。少なくとも自信を持っていつお客さんが来ても大丈夫という状態ではなさそうだ。

夜霧は深く考えていなかったのだが、冷静に考えればまずいような気もしてきていた。さすがに足の踏み場もないほどに散らかってはいないのだが、招待できるような状態ではないかもしれないと思ったのだ。

「私が先に家の様子を見てくるから、夜霧くんたちはちょっと外で待っててもらって……何か変な臭いがしない？」

「変って？」

「……なんだか焦げ臭いような？」

眞理がそう言うと、夜霧もそんな気がしてきた。そして、進むごとにその臭いは如実なものになっていく。

国道から屋敷のある道へと入ると、明らかに焦げ臭い臭いとともに煙が流れてきていた。

「……あー……お客さんをあげていいかとかそーゆー問題はもう大丈夫そうだね……」

「家が燃えてるからね」

「え？　やけに冷静だね！　自分の家が燃えてるんだよ!?」

当事者よりも、他人である眞理のほうが慌てていた。

「これぐらいのことはよくあるというか」

「よくあるんだ!?」

「眞理ちゃんだっけ。今日はごめんだけど、自転車貸してあげるから、これで帰ってくれないかな」

「え？　いや？　はい？」

朝霞が眞理に自転車を押しつけていた。

眞理もこの場にいてできることもないと納得したのか、自転車にまたがった。帰りは下りなのですぐに下山できることだろう。

「松島さん、もしかしたらしばらく学校に行けないかもしれないから、先生とかに言っておいてくれないかな」

「う、うん。わかった？」

わかったようなわかっていないような返事をしながら、眞理は去っていった。

「ちょっと連絡とってみる……白石さん？　なんか家が燃えて……え？　そっちも何か起こってるんですか？　世界の王って今関係あるんですか？　……何か襲ってきてる？　そっちも対応中？

逃げろってどういうことですか！　じゃあそっちから連絡してくれるんですね！　もしもし！　もしもし！」

「どうだったの？」

「あっちも立て込んでるみたいで、すぐにこっちに助けをよこすとかは無理そうだね。これどうする？　夜霧くんの力でどうにかするとか？」

夜霧の力でこの火災を止めるのは可能だろう。対象は明確なので被害は屋敷一つで済むはずだ。

「封印を解くと研究所に連絡がいったりしてややこしいことになるかもだけど」

「うーん。その研究所もただごとではなさそうだったから封印を気にしてる余裕はなさそうだったけど……。まあ、普通の火事として対処できる範囲だろうし……とりあえず１１９番か」

朝霞はスマートフォンを取り出し、電話をかけた。

「……繋がんないな。ずっと呼び出し中。こんなもんなのかな。私も１１９番にかけるのは初めてなんだけど」

「圏外になってるとか？」

「電波は来てるみたいなんだよね」

朝霞が何度か電話をかけなおしていると、自転車に乗った眞理が凄まじい勢いで戻ってきた。

「どうしたの？」

「なんか！　すごいことになってるんだけど！」

「すごいこと？」

「うまく説明できないから一緒に来てよ！」

火事を放っておくわけにもいかないが、眞理の慌てようも気になる。火事については今すぐに夜霧たちではどうにもできないので、とりあえずは眞理に付いていくことにした。

屋敷の私道から国道へと出て、坂を下り森を抜けて市街が見えるところまで行くと、眞理が慌てていた理由はすぐにわかった。

空が真っ赤に染まっていて、建物や電柱などの構造物は墨に染められたように真っ黒になっているのだ。

「これは確かにすごい」

「そんだけ!?」

「こりゃ参った……なんか、こんなん前にもあったよね……」

朝霞が呆然とつぶやいた。

「朝霞さんが変な世界に迷いこんだ時かな。ここはあの時の場所とは違うようだけど」

「変な世界だとして、夜霧くんの力で戻れる？」

「どうかな。ここが何なのかよくわからないと厳しいかも。とりあえず封印は解いておくよ」

「いいの？」

「仕方がないよ。これは普通の状況じゃないし」

この状態では夜霧の能力がなければ徒手空拳に等しい。わけのわからない状況で為す術もなく死んでしまってもおかしくなかった。

「とりあえず街に行ってみる？」

「あのいかにも怪しげなところに!?」

夜霧の提案を眞理は即座に却下した。

「でも、家に戻っても燃えさかってる最中だし、電話も繋がらないし」

「うう……おうちに帰りたい……」

ここでぼんやりとしていても埒があかないので、夜霧たちは街に向かうことにした。

＊＊＊＊

「お風呂の中が部屋から見えるんだ」

夜霧が興味深そうに部屋の中を見回している。

「こんなとこ来ちゃっていいのかな……」

ここがどんな場所かわかっているのか、眞理は挙動不審になっていた。

「うん。中学生をこんなとこに連れてくるとかどうかしてるとは思うけど、なんでこんなことになっちゃったのかな」

朝霞はベッドに腰掛け、スマートフォンを片手にうなだれていた。

電話はどこにも繋がらないし、スマートフォンに登録されている連絡先はほとんどが文字化けしてどこに繋がるやらわからない状態になっていた。

だが、その中に一件だけまともな名前と番号が表示されているデータがあったのだ。

藁にも縋る思いでその番号に電話をかけると、出たのは朝霞の旧知の友人だった。

その友人の案内に従ってやってきたのがここであり、真っ黒になった建物群の中にあって、このホテルだけはネオンの怪しげな輝きを放っていたのだ。

「助けてほしかったし、休憩できるところなのはありがたいんだけど！　何なのこれ！」

朝霞は繋ぎっぱなしだったスマートフォンに怒鳴った。

『こっちこそ何なのって感じだよ。なんで朝霞が狭間に行っちゃってるの』

「狭間？」

『その、怪しい感じの世界のことだよ。私らが普段いる世界とはちょっとずれてる、関係あるようなないような世界。オカルトちっくな奴らが、表ではできないような派手な戦いを繰り広げたりしてる世界』

「なんでそんなことに詳しいの？」

『うちの一族の仕事は知ってるでしょ？』

「ラブ……レジャーホテルとかの経営でしょ」

夜霧たちの手前、意味があるのかはわからないが言い換えた。

『実は、裏の世界でも同じような業種なの。そっちは陰気な世界でしょ？　こーゆーのもそれなりに需要があるんだよね』

「ここが何でもいいいんだけど、出る方法は？」

『入った方法によるんじゃない？』

「迎えにきてよ！」

『無理だって。私は一族のやり方で出入りできるけど、あんたらのことはわかんないから。それにそんなとこにはできるだけ行きたくないじゃん』

「そりゃそうか、ごめん。じゃあさ。連絡してほしいところがあるんだけど、それは頼んでいいかな？」

『それぐらいならね』

朝霞は、研究所の連絡先を伝えて伝言を頼んだ。研究所もオカルト方面に理解があるはずなので、状況を把握すればどうにかしてくれるかもしれないと期待してのことだ。

「まあいきなりのことに対応してくれて感謝はしてるよ」

『音信不通だったのに、いきなり狭間から電話かかってくるってのはかなり面白かったよ』

ろくな説明もしていないのにこうやって宿泊場所を提供してくれているのだから、文句ばかり言っていてはバチが当たるだろう。改めて感謝の意を伝えてから朝霞は電話を切った。

「どこに隠れても、これが怪しい組織がやったことならすぐに見つかっちゃう気はするんだけど」

「私の友達が言うには、ここは中立地帯なんだってさ。ここのホテル内ではドンパチしないようになってるって話……紳士協定的なことだとは思うけど」

「白石さんから連絡は？」

白石の番号も判別可能な状態だった。だが、友人に連絡できたのだから白石にも連絡できるのかもしれないと何度かかけてみたが、反応はなかった。

「ないね。最後の連絡の内容はちょっと要領を得なかったんで、勘違いもあるかもしれないんだけど……闇社会みたいなのがあって、世界の王とかいう奴らが牽制しあってるらしいのよ」

「世界の王様？」

「前に研究所にも来たことあったんだけど。そういやあの人はどうなったんだっけ？　夜霧くんに会いにいくようなことを……」

研究所で散々に暴れて、夜霧に会いにいこうとしたはずだが、行方がわからなくなった。おそらくは夜霧に殺されてしまったのだろうが、当の夜霧は殺したことすら認識していないのかもしれない。

「俺を殺そうとしてる人は結構いたから、そのうちの一人かな。よく覚えてないけど」

「もともと五人いたらしいんだけど、一人減って四人になったの。で、五人で牽制しあってバランスが取れてたのにその一角が崩れたってことで、闇社会の再編みたいなのが起こってて、で、そのとばっちりの一つがうちにも来たってことらしい」

「……それ、俺たち関係あるのかな？」

「襲ってきた連中は、忍者の人たちが撃退したってことだけど、相打ちに近い状態で消火にまで手が回らなかったってことらしい」

「忍者っているんだ」

「聞き間違いかもしれないけどね。で、研究所もなんか襲われたりで忙しいらしくて、落ち着くまで逃げといてくれってことなんだけど」

「え？　これって何なの？　私、聞いていていい話なの？」

混乱していた眞理が今さらながらにそんなことを言いだした。

「大丈夫だよ。記憶消したりできるから」

「マジで!?」

「前にも消したし」

「そんなカジュアルに私の記憶消されてるの!?」

「そういや狐の人は？　こーゆー時には頼りになりそうな気がするんだけど」

狐の耳が頭に付いている謎の美人のことだ。眞理たちの記憶を消したのはその狐女だと朝霞は記憶していた。

「俺から連絡する方法は知らないよ」

手持ち無沙汰だったのか、夜霧がテレビのスイッチをつけた。流れていたのは意味不明な映像と念仏のような音声だった。

気が滅入りそうだったので、朝霞はすぐにテレビを消した。

＊＊＊＊

それから数日を朝霞たちはその部屋で過ごした。

こんな世界ではあるがこのホテルを運営している従業員はいるので、ルームサービスなどは頼むことができるのだ。ただ、若干意思疎通が怪しい感じがする従業員たちだったので、接触は最低限に留めておいた。

レジャーホテルを名乗っているからなのか、カラオケやテレビゲームなどの暇潰しになるものもそれなりにある。

待っていればそのうち方が付いて研究所から連絡があるかと思っていたのだが、いつまで経っても何の連絡もなかった。こちらからの電話にも反応はまるでなく、研究所がどうなっているのかはまるでわからない。

友人とは何度か電話をして状況を確認しているが、研究所に電話をしても繋がらないとのことだった。

「さすがにこのままずっとここにいるわけにもいかないよね」

朝霞が話を切り出した。

「学校も何日も休んじゃってるしね」

「私、これで帰れても何日も姿を消してるうえに記憶もない怪しい人になるじゃん……」

朝霞と夜霧はどうにでもなりそうだが、一般人の眞理が巻き込まれているのは問題だった。

「そのあたりはどうにかしてくれるんじゃないかな。国家的な何かで」

「国家的な何かって何なの……そもそも高遠くん何者なの……」

「さあ？　俺もよくわかんないよ」

「正義と悪がしのぎを削る謎の空間とかワクワクするかとちょっとは思ったけど、部屋の中でカラオケしたりゲームしたりしてるだけだし……」

「それも飽きたし、そろそろ動こうか」

「でも、どこに？」

「やっぱり研究所かな。他に関係のありそうな所もないし」

夜霧の屋敷のある山の中に、研究所も移転してきていた。そのあたりの地下にも謎の空洞があるらしく、それを利用して危険生物などの収容を行っているらしい。

この世界の様子は表の世界に準じているようなので、研究所があるあたりに行けば、こちらにも同じ建物があるかもしれないのだ。

「他に思い付く所も特にはないしね」

朝霞たちは逗留していたホテルを出た。

街は相変わらず黒く、その中にあってホテルだけがギラギラとネオンを輝かせている。

「きょぉおおおおお！」

突然の叫声に朝霞は耳を押さえた。その声は大気を震わせ、闇に染まった建物をも揺らしているかのようだ。

声がしたほうを見てみれば、巨大な鳥が空を飛んでいた。

赤と黒の世界の中に、虹色に輝く鳥が羽ばたいているのだ。それは口から何かを放っているようで、鳥の正面にある建物は砂のようになって崩壊していた。朝霞たちが聞いている声はその余波のようなものらしい。

巨鳥は、何かと戦っているようだった。何と戦っているのかはわからないが、動き回る何かに向かってあの声で攻撃しているようなのだ。

「逃げたほうがよくない!?」

「あいつがちょっとくちばしを向ける方向を変えるだけでこっちに攻撃がきそうだし、どこに行ったって無駄なような」

「じゃあどうすれば！」

「攻撃してくるようなら殺すしかないよ」

積極的に殺すつもりはないようだが、このままでは殺さざるを得ないだろうし、それも時間の問題だった。攻撃は徐々にこちらへと向かってきているからだ。

しかし、巨鳥の攻撃は唐突に終わりを告げた。

凄まじいまでの大爆発が、巨鳥を巻き込んだのだ。

黒い建物が吹き飛び、消し飛び、あとには急激な上昇気流によるものか、巨大な雲が発生していた。

それほどの爆発があれば、音と光は凄まじいものになりそうなものだが、朝霞たちがいる地点にはそれほどの影響はなさそうだった。

「えーと……あーゆーの教科書とかで見たよね……キノコ雲ってまさか……」

「状況がよくわからないから、とりあえず悪影響ありそうなものは殺してるけど」

夜霧がさらりと言った。

「あ、音とか聞こえないのはそういうこと？」

「こんな戦いを繰り広げるつもりなら、そりゃ表の世界では戦えないよねー」

眞理が投げやり気味に言った。

「とにかくこのあたりにいるのはやばそうだから、研究所に行こう！　山のほうがまだましな気がする！」

何の根拠もないのだが、都市部の闇に染まった建物群に朝霞は怪しいものを感じていたのだ。

「やあ。招待しておきながら、顔も出せずにすまなかったね」

山への道へ進もうとした朝霞たちの前に、少年が立っていた。

夜霧よりも幼く見える、小学校低学年ぐらいの子供だ。

「誰？」

「この世界じゃ有名なつもりだったけど、知らないのか。王だよ。ついさっき、全ての王を僭称《せんしょう》する者たちを倒したから、僕が唯一無二の世界の王さ」

少年は実に晴れ晴れとした顔をしていた。五人いた世界の王たちは微妙な力関係で手出しができなかったが、お互いを認めあってはいなかったのだろう。切っ掛けさえあれば、いつでも戦いあう運命にあり、その切っ掛けは夜霧が作ったようだった。

「王様がどうとかは知らないけど、招待したってことは元の世界に戻してくれるの？」

「ああ。そんなことは簡単だよ。この世界は僕が作ったんだ。誰だって引きずり込むことができるし、帰すことも造作もないよ」

「じゃあ帰してくれないかな。招待された理由は今さらどうでもいいけど、いつまでもこんなところにいるわけにはいかないんだ」

「こちらもそういうわけにはいかないんだよ。認めるわけじゃないけど、仮にも王を名乗っていた男を殺したかもしれない奴がいるんだ。見過ごすわけにはいかないだろう？」

「俺は君に興味がないし、表社会に関わらないのなら、裏の世界でいくらでも王様をしてたらいいと思う。今後俺は君に関わらないから、それでいいんじゃないかな？」

「よくはないんだよ。君が生き残っていたら、僕の玉座には多少の翳りが生じてしまう。後腐れ無く、全てに決着をつけて晴れ晴れとした気分で堂々と王を名乗りたいんだよ」

「じゃあ戦うってこと？」

「戦いになんてならないだろう。君が死んで終わりさ」

「俺が死んだら、彼女たちは元の世界に戻してもらえるの？」

「戻すのは簡単だけど、君が死んだらその瞬間に彼女たちはこの場に満ちる熱と放射線にさらされてすぐに死ぬんじゃないの？　そんなことのケアまではしてられないけど」

「俺のことを知ってるの？」

「うん。君は自分のことを特別だなんて思ってるのかもしれないけど、世界にはいくつもの封地があるからね。同じような奴はいくらでもいるんだよ。僕らはそれを研究してるし、対抗手段はいくらでもある」

「そうか」

夜霧が諦めたようにそう言うと、少年は倒れて動かなくなった。

「あのさ。もうちょっといろいろ考えてからにしたほうがよかったんじゃ……」

殺すと二度と元の世界に戻れなくなるかもしれない。そんなことを朝霞は思ったのだが、その心配はすぐに解消された。

あたりには色が戻っていた。朝霞たちは、あっさりと元の世界へと帰ることができたのだ。

＊＊＊＊

眞理と夜霧は、近所の山で遭難していたという間抜けな話をでっちあげられた。もちろん狭間についての記憶は眞理から消されている。

研究所からはしばらくしてから連絡があった。世界の王の再編にともなっての騒動に巻き込まれていたようだが、とりあえずは復旧できたらしい。

朝霞と夜霧は、学校の近くにあるマンションに住むことになった。けっきょく、どこにいても何かに巻き込まれる可能性があるのなら、便利な場所に住んだほうがいいという話になったのだ。

ただ、さすがに隣近所に一般人がいるのは問題だろうということで、マンションの部屋は全て研究所が買い上げた。そのため、住んでいるのは全員が研究所関係者だ。

そして、朝霞は就活をいったん諦めて、婚活に励むことにした。

「じゃあ行ってくるから！」

「今日も何かのパーティ？」

朝の食卓で、夜霧が意味がわからないという顔をしていた。

「今日は同窓会とかそーゆー感じのやつかな」

「朝霞さん、いきなりどうしちゃったの？」

「私はさ。思ったんだよ。やっぱり夜霧くんを一人にするのはどうかって」

今の夜霧はかなり普通の中学生男子に近づいてきているようには思う。だが、敵とはいえ小学生にしか見えない相手を何の躊躇もなく殺せてしまう精神性は、やはり危ういのではないかと思うのだ。

「だから、夜霧くんを養子にしようかと思って。それだったら、夜霧くんも気兼ねがなくなるでしょ」

「え、朝霞さんがお母さんになるってこと？」

「そう。で、ついでだからお父さんも作ってやんよ！」

「……それ、就活が面倒だから専業主婦に永久就職ってことなんじゃ……」

法的には独身であっても養子を取ることはできなくはないはずだが、一般的ではないだろう。

そういうわけで朝霞は婚活に勤しむことにしたのであり、夜霧の言うように就活に飽きたというのも少しはあるのかもしれないが、そればかりではないと自分に言い訳をするのだった。

あとがき

さすがにここで話が終わったらふざけんなって感じですが、続きが出る予定はあるのでご安心ください。大丈夫なはずです！

万が一、続きを出版できなくなったとしても、ＷＥＢ公開するなどして何らかの形でケリはつけます！

もちろん、私が何かの事故に巻き込まれたり、病気になったりで再起不能になったりしたらその限りではないですが、その場合はごめんなさい。

今のところは健康ですのでそんなこと普通はないやろ。とは思うのですが、最近ではCOVID-19が猛威を振るってたりするわけです。同業者の中にもかかった人がいるなどと聞きましたので、案外近くにまで来ているのかもしれず、楽観はできません。

私も気を付けようと思っていますが、読者の皆様がたもご自愛ください。

そういえば、ＰＳ５が手に入りそうな気がまったくしません。ＰＳ４コントローラー、

DUALSHOCK4の右スティックがいかれてきてるので、今さら買い換えるよりはPS5を購入したいところです。DUALSHOCK4の純正品ってかなり高いですし……。

さて！　今回のあとがきは2ページということですので、特に何か書くことを考えなくても、こんなことをちょろっと書いているだけでもう終わってしまいそうな感じです！

では謝辞です。

担当編集様。今回もギリギリというか大幅に遅れてしまいすみません。本当にありがとうございます。

イラスト担当の成瀬《なるせ》ちさと先生。素晴らしいイラストをいつもありがとうございます。スケジュールが安定せず、本当に申し訳ありません。

謝ってばかりですが、スケジュールは本当にどうにかしたいところです！

次は12巻、引き続き応援よろしくお願いいたします！

藤孝《ふじたか》 剛志《つよし》

こんにちは、イラスト担当の成瀬ちさとです。
最初に11巻の原稿をいただいて読んだときに、
その展開に思わず　声に出して　ツッコんでしまった自分がいます。
そうくるかー。
次巻の展開が全然予想できませんが、すごく楽しみです。
また12巻でお会いできましたら幸いです！

成瀬ちさと

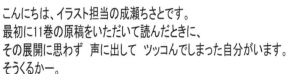

EARTH STAR NOVEL

即死チートが最強すぎて、異世界のやつらがまるで相手にならないんですが。11

発行 ―――――――― 2021年6月16日　初版第1刷発行

著者 ―――――――― 藤孝剛志

イラストレーター ―――― 成瀬ちさと

装丁デザイン ――――― 山上陽一（ARTEN）

発行者 ――――――― 幕内和博

編集 ―――――――― 半澤三智丸

発行所 ――――――― 株式会社 アース・スター エンターテイメント
〒141-0021　東京都品川区上大崎3-1-1
目黒セントラルスクエア　7F
TEL：03-5561-7630
FAX：03-5561-7632
https://www.es-novel.jp/

印刷・製本 ――――― 図書印刷株式会社

ISBN 978-4-8030-1528-7